高等学校教学用书

高等数学基础辅导练习

王敬修 主编

化学工业出版社
·北京·

本书是针对应用型经济管理类专业本科所编写的"高等数学基础"教材的配套辅导书。全书共十章：函数、极限和连续、导数与微分、中值定理及应用、积分学、向量代数与空间解析几何、多元函数微分学、二重积分、无穷级数、常微分方程。每章安排有基本要求、重点内容、典型例题分析、综合练习题及其答案。为帮助学生培养数量分析能力打下一定的基础，并为后续课程提供一定的保证。

本辅导书具有实用性、科学性、指导性。可作为经济管理类高校、高等职业技术学院、职工大学、函授大学等参考用书。

图书在版编目（CIP）数据

高等数学基础辅导练习/王敬修主编． —北京：化学
工业出版社，2008.8
高等学校教学用书
ISBN 978-7-122-03444-1

Ⅰ．高… Ⅱ．王… Ⅲ．高等数学-高等学校-习题
Ⅳ．O13-44

中国版本图书馆 CIP 数据核字（2008）第 115108 号

责任编辑：唐旭华　叶晶磊　　　　　　　　装帧设计：风行书装
责任校对：徐贞珍

出版发行：化学工业出版社（北京市东城区青年湖南街 13 号　邮政编码 100011）
印　　装：化学工业出版社印刷厂
720mm×1000mm　1/16　印张 7¼　字数 134 千字　　2008 年 10 月北京第 1 版第 1 次印刷

购书咨询：010-64518888（传真：010-64519686）　售后服务：010-64518899
网　　址：http://www.cip.com.cn
凡购买本书，如有缺损质量问题，本社销售中心负责调换。

定　　价：13.00 元

《高等数学基础辅导练习》编写人员

主　编　王敬修

编写人员（以姓氏笔画为序）

牛玉玲　何　云　张　欣

陈凡红　薛　威

前　言

在高等教育经济管理专业中，高等数学是一门必修课程。编者针对应用型本科院校学生为对象，遵循"以应用为目的"、"以必需、够用为度"的原则，编写与《高等数学基础》教材相配套的辅导书。由于高等数学具有严密性、逻辑性，又有高度抽象性和研究方法的特殊性，是比较难学的一门课程。为了帮助学生学好高等数学，为培养学生的数量分析能力打下一定的基础，并为后续课程提供一定的保证，特编写此练习册。

本书内容编排按章排列，各章分几部分：① "基本要求"，它是按国家教委所颁布的大纲要求，简要地告诉学生对该章应掌握什么、理解什么；② "重点内容"，要求学生平时学习时应注意对知识点的掌握，在复习时更要抓住这些内容进行记忆；③ "典型例题分析"，它具有一定的代表性，又考虑到对知识的覆盖面，通过对这些典型例题的解答，能迅速帮助学生正确理解概念，掌握解题方法；④ "练习题及其答案"，有助于学生理解基本知识，巩固所学知识。

本书根据多年来的教学经验，介绍了"高等数学"的特点、学习方法，以便同学们更好地发挥自己的主观能动性，学好高等数学。

书中如有不妥之处，请读者赐教。

编者
2008 年 5 月于燕郊

目　录

高等数学的特点与学习方法

高等数学来自于实际，又能应用于实际，具有概念表达的抽象性、论述推理的逻辑性、演算上的技巧性等特性。而理论离人们实践的距离似乎较远些，只要我们认识高等数学的特点，即在学习中掌握几对矛盾的相互转化，对于学好高等数学肯定是有益的。

1. 变量与常量的相互转化

高等数学能深刻地描述"常量"和"变量"互相变化的过程。例如，我们要计算半径 r 一定的圆面积，这是常量。该圆面积通过圆内接正多边形的面积来表示时，当圆内接正多边形边数无限增多，其面积越接近圆的面积，这是个视"常"量为"变"量的过程，再通过极限过程（"变"）得到圆面积的准确值（常量）。

2. "直"与"曲"的相互转化

在一定条件下"直"与"曲"可以相互转化。在初等数学中无法计算变力做功，而在高等数学中，将变力做功细分为一个个小位移的恒力做功，所有小位移功的和就是变力做功。如果用小位移的恒力功近似代替小位移的变力功，则通过积分又可以把"直"再化为"曲"。

3. 有限与无限的相互转化

初等数学只能进行有限次运算。譬如，求等比数列之和 $\sum_{n=1}^{n} q^n$，而对求公比 $|q| < 1$ 的等比级数 $\sum_{n=1}^{\infty} q^n$ 之和，要利用高等数学中的极限工具，即求极限 $\lim_{n \to \infty} \sum_{n=1}^{n} q^n$。

4. 具体与抽象的相互转化

高等数学的许多重要概念都是从一些具体例子引入的。如求曲线上某点的切线斜率问题，可归结为求极限 $\lim_{\Delta x \to 0} \frac{\Delta y}{\Delta x}$，从而引入导数概念。它在经济分析中就可用来描述边际成本、边际利润、边际收益等经济学概念。

高等数学概念表达的抽象性、论述推理的逻辑性、演算的技巧性使部分学生望而生畏。为此要求学生对成功充满信心，要有坚强的毅力，知难而进的勇气。除此之外，掌握科学的学习方法是一个重要的决定性因素。

1. 认真听课，记好笔记

听好课是学好本门课的第一要素，然后必须仔细地阅读笔记、教材，做到循序渐进，做到对内容充分理解。如果不求甚解，问题就会越积越多，欲速不达，陷入"冰冻三尺"的境地。

2. 一定要搞清基本概念

对于每一个新出现的概念，要思考这个概念是从哪些问题中抽象出来的；新的概念与以前的概念有什么联系，有什么区别。比如，应该弄清一元函数的极限、连续、可导和可微的定义以及相互之间的关系。

3. 掌握基本的定理

对每一个定理的条件、结论都要理解得清楚，要求自己描述、书写这些定理，记住重要定理的证明过程。

对基本概念和定理，要求自己能讲出来，写下来，并且力求用图形或几何意义来解释，然后同教材对照，看自己讲得是否完整、正确。

对每一个概念、定理能用一二个典型的例子来说明它们是很重要的。但是，如果能用反例来说概念及定理，则更能帮助我们对概念和定理的理解、掌握和使用。比如，$\lim\limits_{n\to\infty} u_n = 0$ 是级数 $\sum\limits_{n=1}^{\infty} u_n$ 收敛的必要条件，而不是充分条件。

4. 认真对待练习

掌握基本的运算方法、运算技巧是学习数学的一个重要内容。解题时，首先确定题目的类型、方法，按运算法则来进行，注意解题的每一步根据，同时选择最恰当的解法。这是培养自己独立分析和解决问题的能力。

5. 养成学习的好习惯

读书要做笔记，记下你对某一内容所特有的想法和理解。对难点、难题作进一步思考，与同学一起讨论，直到弄明白为止。

总之，每个成功者都有一套独特的经验和方法。希望学生根据自己的情况不断地总结经验，在总结中不断提高自己的学习水平。

第一章 函 数

I 基本要求

一、函数的定义和性质

(1) 理解一元函数的定义及函数与图形之间的关系。理解构成函数的两个要素：函数的定义域和函数的对应法则。

(2) 了解函数的几种常用表示法；理解函数的几种基本特性。

(3) 理解复合函数概念，掌握由两个基本初等函数构成的复合函数的定义域的求法。

两个函数 $f(x)$ 和 $g(x)$ 能够成为复合函数 $f[g(x)]$ 是有条件的。当且仅当 $R(g)\bigcap D(f)$ 不为空集时，复合函数 $f[g(x)]$ 才有意义。

(4) 了解反函数概念，掌握幂函数、指数函数和对数函数的反函数，了解三角函数的反函数。

对于幂函数、指数函数和对数函数，要求掌握反函数的定义域和表达式，以及函数与反函数的图形。对于三角函数，主要是 $\arcsin x$、$\arccos x$、$\arctan x$ 的函数定义域和图形。

(5) 理解函数的单调性和奇偶性。函数的单调性是函数在某一区间上的性质，一般情形可以将函数定义域分成若干个区间，函数在各个区间上有不同的单调性。函数的奇偶性是函数在整个定义域上的性质。奇函数和偶函数的定义域，一般是对称于原点区间。

(6) 了解函数的周期性和有界性。函数的周期性是函数在整个定义域上的性质。函数的有界性是函数在某个区间上的性质。同一函数，在某一个区间上可能有界，但是在另一个区间上则可能无界。

二、初等函数和非初等函数

(1) 掌握常值函数、幂函数、指数函数、对数函数和三角函数的图形、定义域、单调性、奇偶性、周期性。另外要理解 $\arctan x$ 的定义域和图形。

(2) 了解非初等函数，主要是分段函数。

(3) 掌握在简单的实际问题中建立函数关系的方法。

Ⅱ 典型例题解析

【例1】 在下列各对函数中，哪对函数是相同的函数?

(1) $f_1(x) = \ln x^2$, $f_2(x) = 2\ln x$;

(2) $f_1(x) = x + 3$, $f_2(x) = \dfrac{(x+3)(x+2)}{x+2}$;

(3) $f_1(x) = \sin^2 x + \cos^2 x$, $f_2(x) = 1$;

(4) $f_1(x) = \sqrt[3]{x^3}$, $f_2(x) = x$。

解 (1) $f_1(x) = \ln x^2$: $D(f_1)$ $(-\infty, +\infty)$; $f_2(x) = 2\ln x$: $D(f_2)(0, +\infty)$,

因为 $D(f_1) \neq D(f_2)$, 故 $f_1(x) \neq f_2(x)$。

(2) $f_1(x)$: $D(f_1)(-\infty, +\infty)$; $f_2(x)$: $D(f_2)(-\infty, -2)\bigcup(-2, +\infty)$,

因为 $D(f_1) \neq D(f_2)$, 故 $f_1(x) \neq f_2(x)$。

(3) $f_1(x)$: $D(f_1)(-\infty, +\infty)$; $f_2(x)$: $D(f_2)(-\infty, +\infty)$, 有 $D(f_1) = D(f_2)$,

又 $f_1(x) = f_2(x) = 1$, 故 $f_1(x) = f_2(x)$。

(4) $f_1(x)$: $D(f_1)$ $(-\infty, +\infty)$; $f_2(x)$: $D(f_2)(-\infty, +\infty)$, $D(f_1) = D(f_2)$,

又 $f_1(x) = \sqrt[3]{x^3} = 1$, 故 $f_1(x) = f_2(x)$。

【例2】 设函数 $f(x) = \dfrac{1}{1+x}$, 求 $f(x-1)$, $\dfrac{1}{f(x)}$, $f\left(\dfrac{1}{x}\right)$, $f\left[\dfrac{1}{f(x)}\right]$。

解 $f(x-1) = \dfrac{1}{1+(x-1)} = \dfrac{1}{x}$; $\dfrac{1}{f(x)} = \dfrac{1}{\dfrac{1}{1+x}} = 1+x$;

$$f\left(\dfrac{1}{x}\right) = \dfrac{1}{1+\dfrac{1}{x}} = \dfrac{x}{1+x}; \quad f\left[\dfrac{1}{f(x)}\right] = \dfrac{1}{(x+1)+1} = \dfrac{1}{x+2}。$$

【例3】 设 $f\left(x+\dfrac{1}{x}\right) = x^2 + \dfrac{1}{x^2}$, 求 $f(\sin x)$。

解 先要求出 $f(x)$ 的表达式, 才能求 $f(\sin x)$。因为

$$f\left(x+\dfrac{1}{x}\right) = x^2 + \dfrac{1}{x^2} = \left(x+\dfrac{1}{x}\right)^2 - 2,$$

令 $t = x + \dfrac{1}{x}$, $f(t) = t^2 - 2$。因同一函数其表示与符号无关,

故 $f(\sin x) = \sin^2 x - 2$。

【例4】 设 $f(x+1)=x^2$，求 $f(\sec^2 x)$。

解 $f(x+1)=x^2=[(x+1)-1]^2$，令 $t=x+1$，

$f(t)=(t-1)^2$，即 $f(x)=(x-1)^2$。

故 $f(\sec^2 x)=(\sec^2 x-1)^2=\tan^4 x$。

【例5】 求下列函数的定义域：

(1) $y=\dfrac{2x}{16-x^2}+\sqrt{\ln x}$；

(2) $y=\log_5(x^2-1)$。

解 (1) 要求 $\begin{cases}16-x^2\neq 0\\ \ln x\geqslant 0\end{cases}$，即满足不等式 $\begin{cases}16-x^2\neq 0\\ \ln x\geqslant 0\\ x>0\end{cases}$，

求解不等式组，得定义域 $1\leqslant x<4$ 或 $x>4$。

(2) x 应满足不等式 $x^2-1>0$，

所以函数定义域为 $(-\infty,-1)$ 或 $(1,+\infty)$。

【例6】 已知函数 $f(x)$ 的定义域是 $[2,4]$，试求下列函数的定义域：

(1) $f(x+1)$；　　　(2) $f(ax)(a>0)$；　　　　(3) $f(\sin x+1)$。

解 已知函数 $f(x)$ 定义域为 $[2,4]$，即 $2\leqslant x\leqslant 4$，所以

(1) 对于 $f(x+1)$ 应有 $2\leqslant x+1\leqslant 4$，即 $1\leqslant x\leqslant 3$，故定义域为 $[1,3]$。

(2) 对于 $f(ax)(a>0)$，应有 $2\leqslant ax\leqslant 4$，即 $\dfrac{2}{a}\leqslant x\leqslant \dfrac{4}{a}$，故 $f(ax)$ 定义域 $\left[\dfrac{2}{a},\dfrac{4}{a}\right]$。

(3) 对于 $f(\sin x+1)$，应有 $2\leqslant \sin x+1\leqslant 4$，即 $1\leqslant \sin x\leqslant 3$，故 $f(\sin x+1)$ 在 $x=2k\pi+\dfrac{\pi}{2}(k=0,\pm1,\pm2,\cdots)$ 上有定义。

【例7】 已知函数

$$f(x)=\begin{cases}2, & 0\leqslant x\leqslant 2\\ -2, & 2<x\leqslant 4\end{cases}$$

试求函数 $g(x)=f(2x)+f(x-5)$ 的定义域。

解 要使 $g(x)$ 有意义，须使 $f(2x)$ 和 $f(x-5)$ 同时有意义，从已知条件可知，$f(x)$ 的定义域为 $[0,4]$，故 x 满足

$$0\leqslant 2x\leqslant 4 \text{ 且 } 0\leqslant x-5\leqslant 4，$$

即

$$0\leqslant x\leqslant 2 \text{ 且 } 5\leqslant x\leqslant 9。$$

显然，$(0\leqslant x\leqslant 2)\bigcap(5\leqslant x\leqslant 9)=\varnothing$ 空集，所以 $g(x)$ 无意义。

【例8】 下列函数中，哪些是奇函数？哪些是偶函数？哪些是非奇非偶函数？

(1) $f(x)=x\sin x$;　　　　　　(2) $f(x)=\dfrac{\tan x}{x}$;

(3) $f(x)=\sqrt[3]{(1-x)^2}+\sqrt[3]{(1+x)^2}$;　(4) $f(x)=x-\ln(x+\sqrt{1+x^2})$。

解　(1) $f(-x)=(-x)\sin(-x)=x\sin x=f(x)$ 是偶函数。

(2) $f(-x)=\dfrac{\tan(-x)}{(-x)}=\dfrac{\tan x}{x}=f(x)$ 是偶函数。

(3) $f(-x)=\sqrt[3]{[1-(-x)]^2}+\sqrt[3]{[1+(-x)]^2}=\sqrt[3]{(1+x)^2}+\sqrt[3]{(1-x)^2}=$
$f(x)$ 是偶函数。

(4) $f(-x)=(-x)-\ln(-x+\sqrt{1+x^2})=-[x-\ln(x+\sqrt{1+x^2})]=$
$-f(x)$ 是奇函数。

【例9】　若函数 $f(x)$ 是周期为 T 的周期函数，试证 $f(ax+b)(a、b$ 是常数，$a>0)$ 是以 $\dfrac{T}{a}$ 为周期的函数。

证　设 $f(t)$ 是周期为 T 的周期函数，所以，对一切 t 有下式成立

$$f(t+T)=f(t)。$$

把 $t=ax+b$ 代入上式，则对一切 x 成立

$$f(ax+b+T)=f(ax+b)。$$

上式左端为

$$f(ax+b+T)=f\left[a\left(x+\frac{T}{a}\right)+b\right]。$$

从而对一切 x 成立

$$f\left[a\left(x+\frac{T}{a}\right)+b\right]=f(ax+b)。$$

即 $f(ax+b)$ 在 x 处和 $x+\dfrac{T}{a}$ 处函数值相等，所以 $f(ax+b)$ 是周期为 $\dfrac{T}{a}$ 的周期函数。

【例10】　求下列函数的反函数：

(1) $y=\mathrm{e}^{2x}+2$;　　　　　　(2) $y=\ln 2+\ln\sqrt{x+2}$;

(3) $y=\dfrac{\mathrm{e}^x-\mathrm{e}^{-x}}{2}$;　　　　　(4) $f\left(\dfrac{1}{x}\right)=\dfrac{x-1}{x}$，求 $f^{-1}(x)$。

解　求 $y=f(x)$ 的反函数，只要把 x 从 $y=f(x)$ 中反解出来即可。

(1) $y=\mathrm{e}^{2x}+2$，化为　　　$\mathrm{e}^{2x}=y-2$,

　　　取对数　$\ln(y-2)=2x$, $x=\dfrac{1}{2}\ln(y-2)$。

一般用 x 表示自变量，用 y 表示因变量。所以，所给函数的反函数为

$$y=\frac{1}{2}\ln(x-2)。$$

(2) $y=\ln 2+\ln\sqrt{x+2}=\ln 2\sqrt{x+2}$,

$$\frac{1}{2}e^y=\sqrt{x+2}, \quad x=\left(\frac{1}{2}e^y\right)^2-2,$$

反函数为 $\qquad y=\frac{1}{4}e^{2x}-2$。

(3) $y=\frac{1}{2}(e^x-e^{-x})$, $2y=e^x-e^{-x}$,

$$e^{2x}-2ye^x-1=0,$$

$$e^x=y\pm\sqrt{y^2+1},$$

由于 $e^x>0$，所以取

$$e^x=y+\sqrt{y^2+1}, \quad x=\ln(y+\sqrt{1+y^2}),$$

反函数为 $\qquad y=\ln(x+\sqrt{1+x^2})$。

(4) 先求 $f(x)$，因为

$$f\left(\frac{1}{x}\right)=\frac{x-1}{x}=1-\frac{1}{x}, \quad 令 \; t=\frac{1}{x},$$

$$f(t)=1-t, \quad 即 \; f(x)=1-x。$$

再令 $y=f(x)$，即 $y=1-x$，得 $x=1-y$，

所以反函数 $y=1-x$。

【例 11】 下列函数能否复合成一个函数？

(1) $y=u^3$，$u=\cos x$；

(2) $y=\ln u$，$u=\arctan x-\pi$；

(3) $y=2^u$，$u=g(x)=\ln x$。

解 (1) $D(f)$：$(-\infty, +\infty)$，$R(u)$：$[-1, 1]$，$R(u)\subset D(f)$，所以这两个函数能够复合成一个函数。

(2) $D(f)$：$(0, +\infty)$，$R(u)$：$\left(-\frac{3\pi}{2}, -\frac{\pi}{2}\right)$，$R(u)\bigcap D(f)=\varnothing$，

故这两个函数不能复合成一个函数，即函数 $y=\ln(\arctan x-\pi)$ 无意义。

(3) $D(f)$：$(-\infty, +\infty)$，$R(u)$：$(-\infty, +\infty)$，$R(u)\subset D(f)$，所以这两个函数能够复合成一个函数。$y=2^{\ln x}$，$x\in(0, +\infty)$。

【例 12】 下列函数由哪些较简单的函数复合而得到的？

(1) $y=e^{\arccos\sqrt{2-x^2}}$； (2) $y=\sin\ln x^3$。

解 (1) $y=e^{\arccos\sqrt{2-x^2}}$ 视作由 $y=e^u$，$u=\arccos v$，$v=\sqrt{\omega}$，$\omega=2-x^2$ 复合而成。

(2) $y=\sin\ln x^3$ 视作 $y=\sin u$，$u=\ln v$，$v=x^3$ 复合而得到。

Ⅲ 练 习 题

1. 填空题

(1) 函数 $y = \dfrac{\sqrt{x-1}}{x-4} + \ln(5-x)$ 的定义域是_____。

(2) 将函数 $y = |x+1| + |x-1|$ 表示成分段函数是_____。

(3) 若 $f(x) = \begin{cases} 1-3x, & |x| \leqslant 1 \\ \dfrac{1}{3}(x^2+1), & |x| > 1 \end{cases}$，则 $f(-1) = $_____。

(4) 函数 $f(x) = \begin{cases} 1, & |x| \leqslant 1 \\ 0, & |x| > 1 \end{cases}$，则 $f[f(x)] = $_____。

(5) 函数 $y = \dfrac{1}{3}x^3 - 3x^2 + 5x$ 的单调增区间是_____。

(6) 设函数 $f(x)$ 和 $g(x)$ 均为周期函数，$f(x)$ 的周期为 3，$g(x)$ 的周期为 4，则 $f(x) + g(x)$ 的周期为_____。

(7) 函数 $\cos\dfrac{1}{4}x - 2\sin\dfrac{1}{3}x$ 的周期为_____。

(8) 设 $f(x) = \ln x$，且函数 $\varphi(x)$ 的反函数 $\varphi^{-1}(x) = \dfrac{x-1}{x+2}$，则 $\varphi[f(x)] = $_____。

(9) 设 $f(x) = \begin{cases} 2, & -1 \leqslant x \leqslant 1 \\ 0, & 1 < x \leqslant 3 \end{cases}$，则函数 $g(x) = f(x+2) + f(x-2)$ 的定义域是_____。

(10) 设 $f\left(x + \dfrac{1}{x}\right) = \dfrac{x^2}{1+x^4}$，则 $f(x) = $_____。

(11) 设 $f(x-1) = x^3 + 1$，则 $f(x+2) = $_____。

(12) 设函数 $f(x+2a)$ 的定义域为 $[0, 2a]$，则 $f(x)$ 的定义域为_____。

2. 计算题

(1) 设 $f(x+2) = x^2 - 2x + 3$，求 $f[f(2)]$。

(2) 求函数 $y = \log_4\sqrt{x} + \log_4 2$ 的反函数。

(3) 确定函数 $f(x) = \begin{cases} \sqrt{1-x^2}, & |x| \leqslant 1 \\ x^2 - 1, & 1 < |x| < 3 \end{cases}$ 的定义域，并求 $f(1)$，$f(2)$。

(4) 求函数 $f(x) = \arcsin\dfrac{x-1}{2} + \ln(x+2)$ 的定义域。

(5) 设 $f\left(\dfrac{1}{x} - 1\right) = 3 + 2\sin x$，求 $f(x)$。

(6) 设 $f(x+1) = \begin{cases} 2x, & 0 \leqslant x \leqslant 1 \\ x^2 - 1, & 1 < x \leqslant 2 \end{cases}$，求 $f(x)$。

(7) 设 $f(x) = \begin{cases} x^3 + 2x^2 + 2, & x \leqslant 0 \\ 1 - x^2, & x > 0 \end{cases}$，求 $f(x+1)$。

(8) 设 $f(x)=\ln(3+x)$，求 $f(x+1)-f(x-1)$。

(9) 求 $y=\begin{cases} \dfrac{2}{x}, & x<0 \\ x+1, & 0\leqslant x\leqslant 1 \\ -x+1, & 1<x<+\infty \end{cases}$ 的定义域，并画出它们的图形。

(10) 设 $f(x)=\begin{cases} (x+1)^2, & x\leqslant 0 \\ x+4, & x>0 \end{cases}$，$g(x)=x^2-4$，求 $f[g(x)]$。

Ⅳ　参考答案

1. 填空题

(1) $[1,4)\cup(4,5)$；

(2) $y=\begin{cases} -2x, & x\leqslant -1 \\ 2, & -1<x\leqslant 1 \\ 2x, & x>1 \end{cases}$；

(3) 4；

(4) 1；

(5) $(-\infty,1)\cup(5,+\infty)$；

(6) $T=12$；

(7) 24π；

(8) $\dfrac{2\ln x+1}{1-\ln x}$；

(9) $\{x\,|\,x=1\}$；

(10) $\dfrac{1}{x^2-1}$；

(11) $(x+3)^3+1$；

(12) $[2a,4a]$。

2. 计算题

(1) $f[f(2)]=2$；

(2) $y=4^{2x-1}$；

(3) $f(1)=0,\ f(2)=3$；

(4) $[-1,3]$；

(5) $f(x)=3+2\sin\left(\dfrac{1}{x+1}\right)$；

(6) $f(x)=\begin{cases} 2(x-1), & 1\leqslant x\leqslant 2 \\ x^2-2x, & 2<x\leqslant 3 \end{cases}$；

(7) $f(x+1)=\begin{cases} x^3+5x^2+7x+5, & x\leqslant 1 \\ -x^2-2x, & x>-1 \end{cases}$；

(8) $f(x+1)-f(x-1)=\ln\dfrac{4+x}{2+x}$；

(9) $D(f)$：$(-\infty,+\infty)$，图略；

(10) $f[g(x)]=\begin{cases} (x^2-3)^2, & -2\leqslant x\leqslant 2 \\ x^2, & x>2 \text{ 或 } x<-2 \end{cases}$。

第二章 极限和连续

Ⅰ 基本要求

一、极限概念

（1）了解数列极限概念，理解函数极限的直观概念。其中的重点是函数 $\lim\limits_{x \to x_0} f(x)$ 和 $\lim\limits_{x \to \infty} f(x)$ 的函数极限。

（2）理解函数在一点 x_0 的左、右极限 $f(x_0^-) = \lim\limits_{x \to x_0^-} f(x)$ 和 $f(x_0^+) = \lim\limits_{x \to x_0^+} f(x)$。掌握函数在一点 x_0 的左、右极限与极限 $\lim\limits_{x \to x_0} f(x)$ 的关系，极限 $\lim\limits_{x \to x_0} f(x)$ 存在的充分必要条件是 $f(x_0^-) = f(x_0^+)$ 都存在且相等。

（3）学会对分段函数在分段点处是否存在极限、是否连续等。

二、极限存在的充分条件和极限的运算法则

（1）了解判定极限存在的夹逼准则。对于某些非常简单的情形，能够运用夹逼准则判定函数极限存在。了解单调收敛定理，数列或函数在其变化过程中，若保持单调且有界，则一定存在极限。

（2）掌握两个重要极限：

$$\lim\limits_{x \to 0} \frac{\sin x}{x} = 1; \quad \lim\limits_{n \to \infty} \left(1 + \frac{1}{n}\right)^n = e; \quad \lim\limits_{x \to 0} (1+x)^{\frac{1}{x}} = e; \quad \lim\limits_{x \to \infty} \left(1 + \frac{1}{x}\right)^x = e.$$

（3）掌握极限的四则运算。

（4）理解无穷小量的概念，了解无穷大量的概念。

三、连续函数

（1）理解函数的连续性概念和间断点的概念。对于比较简单的情况，能够指出函数的间断点，能够根据函数连续性定义及左、右极限讨论分段函数在分段点处连续性。

（2）理解连续函数的零点定理，判定函数在某个区间上存在零点。了解连续函数的介值定理和最大（小）定理。

Ⅱ 典型例题解析

【例 1】 求下列数列的极限：

(1) $\lim\limits_{n\to\infty}\left(\sqrt{n^2+2n-1}-n^2\right)(n+1)$;

(2) $\lim\limits_{n\to\infty}n\left(\sqrt{n^2+1}-n\right)$;

(3) $\lim\limits_{n\to\infty}\dfrac{1}{n^2}(1+2+\cdots+n)$。

解 (1) 先对分子进行有理化，再除以分子、分母中 n 的最高次数，用极限运算法则，就可以得出结果。

$$原式=\lim_{n\to\infty}\frac{\left(\sqrt{n^2+2n-1}-n^2\right)\left(\sqrt{n^2+2n-1}+n^2\right)(n+1)}{\sqrt{n^2+2n-1}+n^2}$$

$$=\lim_{n\to\infty}\frac{(n^4+2n-1-n^4)(n+1)}{\sqrt{n^2+2n-1}+n^2}=\lim_{n\to\infty}\frac{2n^2+n-1}{\sqrt{n^2+2n-1}+n^2}$$

$$=\lim_{n\to\infty}\frac{2+\dfrac{1}{n}-\dfrac{1}{n^2}}{1+\sqrt{\dfrac{1}{n^2}+\dfrac{2}{n^3}-\dfrac{1}{n^4}}}=2。$$

(2) $原式=\lim\limits_{n\to\infty}\dfrac{n\left(\sqrt{n^2+1}-n\right)\left(\sqrt{n^2+1}+n\right)}{\sqrt{n^2+1}+n}=\lim\limits_{n\to\infty}\dfrac{n(n^2+1-n^2)}{n+\sqrt{n^2+1}}$

$=\lim\limits_{n\to\infty}\dfrac{n}{n\left[1+\sqrt{1-\dfrac{1}{n}}\right]}=\dfrac{1}{2}。$

(3) 利用无限个无穷小之和不一定等于无穷小，

$$原式=\lim_{n\to\infty}\frac{1}{n^2}\times\frac{1}{2}n(n+1)=\frac{1}{2}。$$

【例 2】 求数列 $f(n)=\begin{cases}1+\dfrac{1}{2n},& n \text{ 为奇数}\\[2mm](-1)^n,& n \text{ 为偶数}\end{cases}$ 的极限。

解 $\lim\limits_{n\to\infty}\left(1+\dfrac{1}{2n}\right)=1$（$n$ 为奇数），

$\lim\limits_{n\to\infty}(-1)^n=1$（$n$ 为偶数），

所以 $\lim\limits_{n\to\infty}f(n)=1$，即 $f(n)$ 存在极限。

【例 3】 求下列数列的极限：

(1) $\lim\limits_{n\to\infty}\dfrac{\sqrt[3]{8n^3+1}}{\sqrt{n}-n}$;　　　　　　(2) $\lim\limits_{n\to\infty}\dfrac{2n^2+10n}{3n^3+2n}$;

(3) $\lim\limits_{n\to\infty}\dfrac{\sqrt{n^4+1}+\sqrt{n+1}}{\sqrt[3]{n^3+3}+\sqrt{3n+4}}$。

解 (1) $原式=\lim\limits_{n\to\infty}\dfrac{\sqrt[3]{8+\dfrac{1}{n^3}}}{\sqrt{\dfrac{1}{n}}-1}=-2。$

(2) 原式 $=\lim\limits_{n\to\infty}\dfrac{\dfrac{2}{n}+\dfrac{10}{n^2}}{3+\dfrac{2}{n^2}}=0$。

(3) 原式 $=\lim\limits_{n\to\infty}\dfrac{\sqrt{1+\dfrac{2}{n^4}}+\sqrt{\dfrac{1}{n^3}+\dfrac{1}{n^4}}}{\sqrt[3]{\dfrac{1}{n^3}+\dfrac{3}{n^6}}+\sqrt{\dfrac{3}{n^3}+\dfrac{1}{n^4}}}=\infty$。

【例4】 求下列函数极限：

(1) $\lim\limits_{x\to\infty}\dfrac{2x(x+1)}{3x^2}$；　　　　(2) $\lim\limits_{x\to 0}\dfrac{1}{3^x-1}$；

(3) $\lim\limits_{x\to\infty}\sqrt{\dfrac{x^2+1}{10x}}$；　　　　(4) $\lim\limits_{x\to 0}x\cos\dfrac{1}{x}$。

解 (1) $\lim\limits_{x\to\infty}\dfrac{2x(x+1)}{3x^2}=\lim\limits_{x\to\infty}\dfrac{2x^2+2x}{3x^2}=\dfrac{2}{3}$。

(2) $\lim\limits_{x\to 0}\dfrac{1}{3^x-1}=\infty$　（极限∞只是一种记号，实际极限不存在）。

(3) $\lim\limits_{x\to\infty}\sqrt{\dfrac{x^2+1}{10x}}=+\infty$　（因为分子方次高）。

(4) $\lim\limits_{x\to 0}x\cos\dfrac{1}{x}=0$　（因 $\left|\cos\dfrac{1}{x}\right|\leqslant 1$ 有界，无穷小与有界函数乘积仍为无穷小）。

【例5】 求下列函数的极限：

(1) $\lim\limits_{x\to 2}(x^3-x^2+2)$；　　　　(2) $\lim\limits_{x\to +\infty}x(\sqrt{x^2+1}-x)$；

(3) $\lim\limits_{x\to 1}\dfrac{x^2-1}{x-1}$。

解 (1) $\lim\limits_{x\to 2}(x^3-x^2+2)=8-4+2=6$。

(2) 先将函数有理化，再求极限

$$\lim\limits_{x\to\infty}x(\sqrt{x^2+1}-x)=\lim\limits_{x\to +\infty}\dfrac{x(\sqrt{x^2+1}-x)(\sqrt{x^2+1}+x)}{\sqrt{x^2+1}+x}$$

$$=\lim\limits_{x\to +\infty}\dfrac{x(x^2+1-x^2)}{\sqrt{x^2+1}+x}=\lim\limits_{x\to +\infty}\dfrac{x}{\sqrt{x^2+1}+x}=\dfrac{1}{2}$$。

(3) $\lim\limits_{x\to 1}\dfrac{x^2-1}{x-1}=\lim\limits_{x\to 1}\dfrac{(x+1)(x-1)}{(x-1)}=2$。

【例6】 设函数 $f(x)=\dfrac{2x(x-1)\sqrt{x+1}}{x^3-1}$，求 $x\to 0$，$x\to 1$，$x\to -1$，$x\to +\infty$过程中的极限。

解 $\lim\limits_{x\to 0}\dfrac{2x(x-1)\sqrt{x+1}}{x^3-1}=0$；$\lim\limits_{x\to 1}\dfrac{2x(x-1)\sqrt{x+1}}{(x-1)(x^2+x+1)}=\dfrac{2}{3}\sqrt{2}$；

$\lim\limits_{x\to -1}\dfrac{2x\sqrt{x+1}}{x^2+x+1}=0$；$\lim\limits_{x\to +\infty}\dfrac{2x\sqrt{x+1}}{x^2+x+1}=0$。

【例 7】 求下列函数极限：

(1) $\lim\limits_{x\to 1}\left(\dfrac{1}{x-1}-\dfrac{3}{x^3-1}\right)$；　　(2) $\lim\limits_{x\to 2}\left(\dfrac{1}{x-2}-\dfrac{4}{x^2-4}\right)$。

解 (1) 当 $x\to 1$ 时，每一分式都是无穷大，故不能直接运用四则运算，对两个分式通分，得到

原式 $=\lim\limits_{x\to 1}\dfrac{(x+2)(x-1)}{(x-1)(x^2+x+1)}=\lim\limits_{x\to 1}\dfrac{x+2}{x^2+x+1}=1$。

(2) 原式 $=\lim\limits_{x\to 2}\dfrac{x+2-4}{(x-2)(x+2)}=\lim\limits_{x\to 2}\dfrac{1}{x+2}=\dfrac{1}{4}$。

【例 8】 求下列函数在指定点或无穷远处的极限：

(1) $f(x)=\begin{cases}x+2, & x\leqslant 0\\ x^2-1, & x>0\end{cases}$，求 $\lim\limits_{x\to 1}f(x),\lim\limits_{x\to 0}f(x),\lim\limits_{x\to -1}f(x)$；

(2) $f(x)=\begin{cases}\sin\dfrac{1}{x}, & x>0\\[2mm] x\sin\dfrac{1}{x}, & x<0\end{cases}$，求 $\lim\limits_{x\to 0}f(x),\lim\limits_{x\to\infty}f(x)$。

解 (1) $\lim\limits_{x\to 1}f(x)=\lim\limits_{x\to 1}(x^2-1)=0$；

$\lim\limits_{x\to 0}f(x)=\lim\limits_{x\to 0}(x+2)=2$；

$\lim\limits_{x\to -1}f(x)=\lim\limits_{x\to -1}(x+2)=-1$。

(2) $\lim\limits_{x\to 0^+}f(x)=\lim\limits_{x\to 0^+}\sin\dfrac{1}{x}=$ 不存在，

故 $x\to 0$ 时 $f(x)$ 极限不存在。

$\lim\limits_{x\to 0^-}f(x)=\lim\limits_{x\to 0^-}x\sin\dfrac{1}{x}=0$，

当 $\lim\limits_{x\to\infty}f(x)$ 的极限，

$\lim\limits_{x\to +\infty}\sin\dfrac{1}{x}=0$，$\lim\limits_{x\to -\infty}x\sin\dfrac{1}{x}=\lim\limits_{x\to -\infty}\dfrac{\sin\dfrac{1}{x}}{\dfrac{1}{x}}=1$，

故 $x\to\infty$ 时，$\lim\limits_{x\to\infty}f(x)=$ 不存在。

【例 9】 求下列函数极限：

(1) $\lim\limits_{x\to 0}\dfrac{\sin\beta x}{\sin\alpha x}$ $(\alpha,\beta\neq 0)$；　　(2) $\lim\limits_{x\to 0}\dfrac{\sin\dfrac{x}{2}}{\tan x}$。

解 (1) $\lim\limits_{x\to 0}\dfrac{\sin\beta x}{\sin\alpha x}=\lim\limits_{x\to 0}\dfrac{\beta\dfrac{\sin\beta x}{\beta x}}{\alpha\dfrac{\sin\alpha x}{\alpha x}}=\dfrac{\beta}{\alpha}$。

(2) $\lim\limits_{x\to 0}\dfrac{\sin\frac{x}{2}}{\tan x}=\lim\limits_{x\to 0}\sin\dfrac{x}{2}\dfrac{\cos x}{\sin x}=\lim\limits_{x\to 0}\dfrac{\sin\frac{x}{2}}{\sin x}\lim\limits_{x\to 0}\cos x=\dfrac{1}{2}$。

【例 10】 求下列函数极限：

(1) $\lim\limits_{x\to\infty}\left(1-\dfrac{1}{2x}\right)^{x}$；

(2) $\lim\limits_{x\to\infty}\left(1+\dfrac{2}{x}\right)^{-x}$；

(3) $\lim\limits_{x\to 0}(1+3x)^{\frac{1}{2x}}$；

(4) $\lim\limits_{x\to\infty}\left(\dfrac{1+x}{2+x}\right)^{3x}$。

解 (1) $\lim\limits_{x\to\infty}\left(1-\dfrac{1}{2x}\right)^{x}=\lim\limits_{x\to\infty}\left[\left(1-\dfrac{1}{2x}\right)^{-2x}\right]^{-\frac{1}{2}}=e^{-\frac{1}{2}}$。

(2) $\lim\limits_{x\to\infty}\left(1+\dfrac{2}{x}\right)^{-x}=\lim\limits_{x\to\infty}\left[\left(1+\dfrac{1}{x/2}\right)^{\frac{x}{2}}\right]^{-2}=e^{-2}$。

(3) $\lim\limits_{x\to 0}(1+3x)^{\frac{1}{2x}}=\lim\limits_{x\to 0}\left[(1+3x)^{\frac{1}{3x}}\right]^{\frac{3}{2}}=e^{\frac{3}{2}}$。

(4) $\lim\limits_{x\to\infty}\left(\dfrac{1+x}{2+x}\right)^{3x}=\lim\limits_{x\to\infty}\dfrac{\left(1+\frac{1}{x}\right)^{3x}}{\left(1+\frac{2}{x}\right)^{3x}}=\lim\limits_{x\to\infty}\dfrac{\left[\left(1+\frac{1}{x}\right)^{x}\right]^{3}}{\left[\left(1+\frac{2}{x}\right)^{\frac{x}{2}}\right]^{6}}=\dfrac{e^{3}}{e^{6}}=e^{-3}$。

【例 11】 当 $x\to 0$ 时，证明：

(1) $x^{\frac{1}{3}}+\sin x\sim x^{\frac{1}{3}}$；

(2) $\ln(1+x)\sim x$。

证 (1) 要证明当 $x\to 0$ 时，只要证明

$\lim\limits_{x\to 0}\dfrac{x^{\frac{1}{3}}+\sin x}{x^{\frac{1}{3}}}=1$ 即可。因为

$\lim\limits_{x\to 0}\dfrac{x^{\frac{1}{3}}+\sin x}{x^{\frac{1}{3}}}=\lim\limits_{x\to 0}\left(1+x^{\frac{2}{3}}\dfrac{\sin x}{x}\right)=1$，

所以，当 $x\to 0$ 时，

$x^{\frac{1}{3}}+\sin x\sim x^{\frac{1}{3}}$。

(2) 因为

$\lim\limits_{x\to 0}\dfrac{\ln(1+x)}{x}=\lim\limits_{x\to 0}\ln(1+x)^{\frac{1}{x}}=\ln e=1$，

所以，当 $x\to 0$ 时，$\ln(1+x)\sim x$。

【例 12】 设函数 $f(x)=\begin{cases}k, & x=0\\ \dfrac{\sqrt{2+\sqrt{x}}-\sqrt{2-\sqrt{x}}}{\sqrt{x}}, & x\neq 0\end{cases}$ 在 $x=0$ 点连续，求 k 值

是多少？

解 $f(0)=k$ 函数值

$\lim\limits_{x\to 0}\dfrac{\sqrt{2+\sqrt{x}}-\sqrt{2-\sqrt{x}}}{\sqrt{x}}=\lim\limits_{x\to 0}\dfrac{2+\sqrt{x}-2+\sqrt{x}}{\sqrt{x}(\sqrt{2+\sqrt{x}}+\sqrt{2-\sqrt{x}})}$

$$=\lim_{x\to 0}\frac{2\sqrt{x}}{\sqrt{x}(\sqrt{2+\sqrt{x}}+\sqrt{2-\sqrt{x}})}$$

$$=\frac{2}{2\sqrt{2}}=\frac{\sqrt{2}}{2},$$

所以 $x=0$ 处的极限值等于该点函数值时，则 $x=0$ 处连续，

即 $k=\frac{\sqrt{2}}{2}$。

【例 13】 计算下列极限：

(1) $\displaystyle\lim_{n\to\infty}\left[\frac{1}{n^2}+\frac{1}{(n+1)^2}+\cdots+\frac{1}{(n+n)^2}\right]$；

(2) $\displaystyle\lim_{n\to\infty}\left[\frac{1}{n^2+\pi}+\frac{1}{n^2+2\pi}+\cdots+\frac{1}{n^2+n\pi}\right]$。

解 (1) 利用夹逼准则，

$$0<\frac{1}{n^2}+\frac{1}{(n+1)^2}+\cdots+\frac{1}{(n+n)^2}<\frac{1}{n^2}+\frac{1}{n^2}+\cdots+\frac{1}{n^2}=\frac{n+1}{n^2},$$

$\displaystyle\lim_{n\to\infty}0=0$，$\displaystyle\lim_{n\to\infty}\frac{n+1}{n^2}=0$。所以

$$\lim_{n\to\infty}\left[\frac{1}{n^2}+\frac{1}{(n+1)^2}+\cdots+\frac{1}{(n+n)^2}\right]=0。$$

(2) 利用夹逼准则，

$$0<\frac{1}{n^2+\pi}+\frac{1}{n^2+2\pi}+\cdots+\frac{1}{n^2+n\pi}<\frac{1}{n^2}+\frac{1}{n^2}+\cdots+\frac{1}{n^2}=\frac{n}{n^2}=\frac{1}{n},$$

$\displaystyle\lim_{n\to\infty}0=0$，$\displaystyle\lim_{n\to\infty}\frac{1}{n}=0$。所以

$$\lim_{n\to\infty}\left[\frac{1}{n^2+\pi}+\frac{1}{n^2+2\pi}+\cdots+\frac{1}{n^2+n\pi}\right]=0。$$

Ⅲ 练 习 题

1. 填空题

(1) 设 $f(x)=\dfrac{x^2-2x-3}{x+1}$，则 $\displaystyle\lim_{x\to -1}f(x)=$ _____。

(2) 若 $f(x)=\begin{cases}2^x, & x\leqslant 0\\ \sin x+1, & x>0\end{cases}$，则 $f(0)=$ _____。

(3) $\displaystyle\lim_{x\to -1}\arcsin x=$ _____。

(4) $\displaystyle\lim_{x\to 0}\left(2x\sin\frac{1}{x}\right)=$ _____。

(5) 设 $\lim\limits_{x \to 1} \dfrac{x^2+2x+c}{x-1}=4$，则 $c=$ _____。

(6) 若 $x \to 0$，x^n 与 $3x^2+x^4$ 相比为同阶无穷小，则 $n=$ _____。

(7) $\lim\limits_{x \to 0} \dfrac{1-\cos x}{x \sin x}=$ _____。

(8) $\lim\limits_{x \to \infty} \left(1-\dfrac{3}{x}\right)^x=$ _____。

(9) 设 $u_n=\dfrac{1}{\sqrt{n^2+1}}+\dfrac{1}{\sqrt{n^2+2}}+\cdots+\dfrac{1}{\sqrt{n^2+n}}$，则 $\lim\limits_{x \to \infty} u_n=$ _____。

(10) 若 $\lim\limits_{x \to \infty} \left(\dfrac{x-a}{x+a}\right)^x=2$，则 $a=$ _____。

(11) 若 $f(x)=\begin{cases} \dfrac{2\sin x}{x}, & x<0 \\ k, & x=0 \\ x^2 \sin \dfrac{1}{x}+2, & x>0 \end{cases}$ 连续，则 $k=$ _____。

(12) 设 $f(x)=\begin{cases} 1, & x<1 \\ 3x+1, & x \geqslant 1 \end{cases}$，则 $x=1$ 属于 _____ 间断点。

(13) 设 $f(x)=\begin{cases} \dfrac{ax}{\sqrt{1-\cos x}}, & -\pi<x<0 \\ b, & x=0 \\ \dfrac{\ln x-\ln(x^2+x)}{x}, & x>0 \end{cases}$ 连续，则 $a=$ ____，$b=$ ____。

(14) 函数 $f(x)=\begin{cases} 2x\sin\dfrac{1}{x}, & x>0 \\ 1+x, & -1<x \leqslant 2 \\ 1, & x \leqslant -1 \end{cases}$ 的连续区间是 _____。

2. 计算题

(1) 求 $\lim\limits_{n \to \infty} (\sqrt{n^4+1}-n^2)(n^2+1)$。　(2) 求 $\lim\limits_{n \to \infty} (\sqrt{n^2+1}-\sqrt{n^2-5n})$。

(3) 求 $\lim\limits_{x \to \infty} \dfrac{2x^2-x-1}{x^2-1}$。　(4) 求 $\lim\limits_{x \to -2} \dfrac{x^3+8}{x+2}$。

(5) 求 $\lim\limits_{x \to \infty} \dfrac{\sqrt{x}\sin x}{2x+1}$。　(6) 求 $\lim\limits_{x \to 0} \dfrac{\sqrt{1+x}-1}{x}$。

(7) 求 $\lim\limits_{x \to 16} \dfrac{\sqrt[4]{x}-2}{\sqrt{x}-4}$。　(8) 求 $\lim\limits_{x \to 0}\left[\dfrac{1}{x(a+x)}-\dfrac{1}{ax}\right]$ $(a \neq 0)$。

(9) 求 $\lim\limits_{n \to \infty} \dfrac{1}{n}\left\{\left(1+\dfrac{a}{n}\right)+\left(1+\dfrac{2a}{n}\right)+\cdots+\left[1+\dfrac{(n-1)a}{n}\right]\right\}$。

(10) 求 $\lim\limits_{x \to +\infty} \left(\sqrt{x + \sqrt{x + \sqrt{x}}} - \sqrt{x} \right)$。

(11) 求 $\lim\limits_{x \to +\infty} x \left(\sqrt{1 + x^2} - x \right)$。

(12) $\lim\limits_{x \to 0} \dfrac{x}{\sin(\sin x)}$。
(13) $\lim\limits_{x \to \infty} \left(1 + \dfrac{3}{2x} \right)^{5x}$。

(14) 求 $\lim\limits_{x \to \infty} \left(1 + \dfrac{2}{x+1} \right)^x$。
(15) 求 $\lim\limits_{x \to \infty} \left(\dfrac{3x-4}{3x+2} \right)^{\frac{x+1}{2}}$。

(16) 设 $f(x) = \begin{cases} \dfrac{\cos x}{x+2}, & x \geqslant 0 \\[2mm] \dfrac{\sqrt{a} - \sqrt{a-x}}{x}, & x < 0 \end{cases}$ $(a > 0)$,

（ⅰ）当 a 为何值, $f(x)$ 在点 $x = 0$ 处连续?（ⅱ）当 $a = 2$ 时, 求 $f(x)$ 的连续区间。

Ⅳ 参考答案

1. 填空题

(1) -4; (2) 1; (3) $-\dfrac{\pi}{2}$; (4) 0; (5) -3; (6) 2; (7) $\dfrac{1}{2}$; (8) e^{-3};

(9) 1; (10) $-\dfrac{1}{2}\ln 2$; (11) 2; (12) 跳跃; (13) $a = -\dfrac{\sqrt{2}}{2}$, $b = -1$;

(14) $(-\infty, -1) \cup (-1, 0) \cup (0, +\infty)$; $x = -1, x = 0$ 间断点。

2. 计算题

(1) 1/2; (2) 5/2; (3) 3/2; (4) 12; (5) 0; (6) 1/2; (7) 1/4;

(8) $-\dfrac{1}{a^2}$; (9) $1 + \dfrac{a}{2}$; (10) 1/2; (11) 1/2; (12) 1; (13) $e^{\frac{15}{2}}$; (14) e^2;

(15) $e^{-\frac{2}{3}}$; (16)（ⅰ）$a = 1$,（ⅱ）$(-\infty, 0) \cup (0, +\infty)$。

第三章　一元函数的导数和微分

Ⅰ　基本要求

（1）正确理解导数概念，会用导数定义对一些简单函数求导。

（2）熟记基本初等函数的求导公式，并能应用基本初等函数求导公式。

（3）能熟练地掌握复合函数的求导方法，并能正确地求出复合函数的导数。能熟练运用导数的四则运算法则。

（4）会用隐函数求导方法求导数；会用反函数求导法则求导数。

（5）理解高阶导数的概念，会求高阶导数。

（6）正确理解函数微分的定义，弄清一元函数的导数和微分的联系和区别。

（7）会运用微分的运算法则，微分形式的不变性求函数的微分，了解微分在近似计算中的应用。

（8）能利用导数讨论函数的变化率，由导数的几何意义会求过曲线上的点的切线方程和法线方程。

（9）了解导数在经济分析中的应用。

Ⅱ　重点内容

1. 有关定义

设函数 $y = f(x)$ 在点 x_0 的某邻域内有定义，则有下列定义式：

A. 导数

$$f'(x_0) = \lim_{\Delta x \to 0} \frac{f(x_0 + \Delta x) - f(x_0)}{\Delta x} = \lim_{x \to x_0} \frac{f(x) - f(x_0)}{x - x_0}。$$

B. 导函数

$$f'(x) = \lim_{\Delta x \to 0} \frac{f(x + \Delta x) - f(x)}{\Delta x}。$$

C. 左导数

$$f'_-(x_0) = \lim_{\Delta x \to 0^-} \frac{f(x_0 + \Delta x) - f(x_0)}{\Delta x} = \lim_{\Delta x \to x_0^-} \frac{f(x) - f(x_0)}{x - x_0}。$$

D. 右导数

$$f'_+(x_0) = \lim_{\Delta x \to 0^+} \frac{f(x_0 + \Delta x) - f(x_0)}{\Delta x} = \lim_{x \to x_0^+} \frac{f(x) - f(x_0)}{x - x_0}。$$

E. 微分

若 $\Delta y = A\Delta x + o(\Delta x)$，则 $dy\big|_{x=x_0} = A\Delta x$。

F. 二阶导数

$$f''(x_0) = \lim_{\Delta x \to 0} \frac{f'(x_0+\Delta x) - f'(x_0)}{\Delta x} = \lim_{x \to x_0} \frac{f'(x) - f'(x_0)}{x - x_0}。$$

2. 概念之间的关系

A. 可导与单侧导数关系

函数 $f(x)$ 在点 x_0 处可导的充要条件是：

$$f'(x_0)存在 \Leftrightarrow f'_-(x_0) = f'_+(x_0)。$$

B. 可导与连续的关系

若函数 $f(x)$ 在点 x_0 处可导，则 $f(x)$ 在点 x_0 处连续，即

$$f'(x_0)存在 \Rightarrow \lim_{x \to x_0} f(x) = f(x_0)。$$

C. 可导与可微的关系

函数 $y = f(x)$ 在点 x_0 处可微的充要条件是函数 $f(x)$ 在点 x_0 处可导，且 $dy\big|_{x=x_0} = f'(x_0)\Delta x$ 即 $dy\big|_{x=x_0}$ 存在 $\Leftrightarrow f'(x_0)$ 存在。

D. 可微与连续的关系

若函数 $y = f(x)$ 在点 x_0 处可微，则函数 $f(x)$ 必在点 x_0 处连续，即

$$dy\big|_{x=x_0} 存在 \Rightarrow \lim_{x \to x_0} f(x) = f(x_0)。$$

3. 导数与微分的几何意义与物理意义

导数的几何意义：若 $f'(x_0)$ 存在，则 $f'(x_0)$ 是曲线 $y = f(x)$ 在点 $(x_0, f(x_0))$ 处的切线的斜率。

切线方程 $\quad y - f(x_0) = f'(x_0)(x - x_0)$；

法线方程 $\quad y - f(x_0) = -\dfrac{1}{f'(x_0)}(x - x_0)$。

导数的物理意义：若 $S = S(t)$ 是变速直线运动的位置函数，则 $S'(t_0)$ 是在 t_0 时刻的瞬时速度，$S''(t_0)$ 是 t_0 时刻的加速度。

微分的几何意义：若 $f'(x_0)$ 存在，则 $f'(x_0)\Delta x$ 是曲线 $y = f(x)$ 在点 $(x_0, f(x_0))$ 处的切线上在点 $x = x_0 + \Delta x$ 处的纵坐标与 $x = x_0$ 处纵坐标之差。

4. 基本的求导公式

(1) $(c)' = 0$；

(2) $(x^n)' = nx^{n-1}$；

(3) $(a^x)' = a^x \ln a$，$(e^x)' = e^x$；

(4) $(\log_a x)' = \dfrac{1}{x\ln a}$，$(\ln x)' = \dfrac{1}{x}$；

(5) $(\sin x)' = \cos x$；

(6) $(\cos x)' = -\sin x$；

(7) $(\tan x)' = \sec^2 x$；

(8) $(\cot x)' = -\csc^2 x$；

(9) $(\sec x)' = \sec x \cdot \tan x$；

(10) $(\csc x)' = -\csc x \cdot \cot x$；

(11) $(\arcsin x)' = \dfrac{1}{\sqrt{1-x^2}}$;　　　(12) $(\arccos x) = -\dfrac{1}{\sqrt{1-x^2}}$;

(13) $(\arctan x)' = \dfrac{1}{1+x^2}$;　　　(14) $(\text{arccot} x)' = \dfrac{-1}{1+x^2}$;

(15) $\left(\dfrac{1}{x}\right)' = -\dfrac{1}{x^2}$;　　　(16) $(\sqrt{x})' = \dfrac{1}{2\sqrt{x}}$。

5. 求导法则

A. 设 $u(x)$、$v(x)$ 在点 x 处可导，则

$$[u(x) \pm v(x)]' = u'(x) \pm v'(x)$$

$$[u(x) \cdot v(x)]' = u'(x) \cdot v(x) + u(x) \cdot v'(x)$$

$$\left[\dfrac{u(x)}{v(x)}\right]' = \dfrac{u'(x) \cdot v(x) - u(x) \cdot v'(x)}{v^2(x)}$$

B. 反函数的求导法则

若函数 $x = \varphi(y)$ 在区间 I_y 内单调、可导，且 $\varphi'(y) \neq 0$，则其反函数 $y = f(x)$ 在对应的区间 I_x 内单调、可导，且有

$$f'(x) = \dfrac{1}{\varphi'(y)}, \quad I_x = \{x \mid x = \varphi(y), \ y \in I_y\}。$$

C. 复合函数的求导法则

设函数 $u = \varphi(x)$ 在点 x 处可导，$y = f(u)$ 在相应点 $u = \varphi(x)$ 处可导，则复合函数 $y = f[\varphi(x)]$ 在点 x 处可导，且

$$\dfrac{\mathrm{d}y}{\mathrm{d}x} = f'(u)\varphi'(x) = \dfrac{\mathrm{d}y}{\mathrm{d}u} \cdot \dfrac{\mathrm{d}u}{\mathrm{d}x}。$$

6. 分段函数求导

在函数分段的各子区间，函数的表达式是初等函数，可以用公式与求导法则做；在各子区间的分界点处，由于函数在分界点的左、右邻域的表达式不同，所以应按导数的定义计算在这些点上的导数。

Ⅲ　典型例题解析

【**例 1**】　用导数的定义求函数的导数，已知 $y = \sqrt{x}$，求 $\dfrac{\mathrm{d}y}{\mathrm{d}x}$。

解　第一步：给 x 一个增量 Δx，得 $\Delta y = \sqrt{x+\Delta x} - \sqrt{x}$；

第二步：$\dfrac{\Delta y}{\Delta x} = \dfrac{\sqrt{x+\Delta x} - \sqrt{x}}{\Delta x} = \dfrac{(\sqrt{x+\Delta x} - \sqrt{x})(\sqrt{x+\Delta x} + \sqrt{x})}{\Delta x(\sqrt{x+\Delta x} + \sqrt{x})}$

$$= \dfrac{1}{\sqrt{x+\Delta x} + \sqrt{x}};$$

第三步：$f'(x) = \lim\limits_{\Delta x \to 0} \dfrac{\Delta y}{\Delta x} = \lim\limits_{\Delta x \to 0} \dfrac{1}{\sqrt{x+\Delta x} + \sqrt{x}} = \dfrac{1}{2\sqrt{x}}$。

【例2】 设函数 $f(x) = ax^2 + bx + c$，其中 a、b、c 为常数，求 $f'(x)$，$f'(0)$，$f'(-1)$，$f'\left(-\dfrac{b}{2a}\right)$。

解 $f'(x) = 2ax + b$；

$f'(0) = (2ax + b)\big|_{x=0} = b$；

$f'(-1) = (2ax + b)\big|_{x=-1} = -2a + b$；

$f'\left(-\dfrac{b}{2a}\right) = (2ax + b)\big|_{x=-\frac{b}{2a}} = 0$。

【例3】 设 $f(x) = (x-a)\varphi(x)$，其中 $\varphi(x)$ 在 $x = a$ 处连续，求 $f'(a)$。

解 用定义求导数

$$f'(a) = \lim_{x \to a} \frac{f(x) - f(a)}{x - a} = \lim_{x \to a} \frac{(x-a)\varphi(x) - 0}{x - a} = \varphi(a)。$$

【例4】 设 $f(x) = \begin{cases} x, & x < 0 \\ \ln(1+x), & x \geqslant 0 \end{cases}$，求 $f(0)$，$f'(0)$。

解 (1) $f(0) = \ln(1+x)\big|_{x=0} = 0$；

(2) $f'_-(0) = \lim_{x \to 0^-} \frac{x - 0}{x - 0} = 1$，

$f'_+(0) = \lim_{x \to 0^+} \frac{\ln(1+x) - 0}{x} = \ln e = 1$，

所以 $f'(0) = 1$。

【例5】 设函数 $y = f(x)$ 在点 x_0 处可导，导数为 $f'(x_0)$，试求下列极限：

(1) $\lim\limits_{\Delta x \to 0} \dfrac{f(x_0) - f(x_0 - \Delta x)}{\Delta x}$；

(2) $\lim\limits_{\Delta x \to 0} \dfrac{f(x_0 + a\Delta x) - f(x_0 - b\Delta x)}{\Delta x}$ （a，b 为常数）。

解 求解本题的极限，可以把所求函数极限化到 $\lim\limits_{\Delta x \to 0} \dfrac{f(x_0 + \Delta x) - f(x_0)}{\Delta x}$ 形式，从而得到结果。

(1) $\lim\limits_{\Delta x \to 0} \dfrac{f(x_0) - f(x_0 - \Delta x)}{\Delta x} = \lim\limits_{\Delta x \to 0} \dfrac{f(x_0 - \Delta x) - f(x_0)}{-\Delta x}$

$\xlongequal{\text{令 } t = -\Delta x} \lim\limits_{t \to 0} \dfrac{f(x_0 + t) - f(x_0)}{t} = f'(x_0)$。

(2) $\lim\limits_{\Delta x \to 0} \dfrac{f(x_0 + a\Delta x) - f(x_0 + b\Delta x)}{\Delta x}$

$= \lim\limits_{\Delta x \to 0} \dfrac{f(x_0 + a\Delta x) - f(x_0) + f(x_0) - f(x_0 + b\Delta x)}{\Delta x}$

$= \lim\limits_{\Delta x \to 0} \left[\dfrac{f(x_0 + a\Delta x) - f(x_0)}{\Delta x} - \dfrac{f(x_0 + b\Delta x) - f(x_0)}{\Delta x} \right]$

$= \lim\limits_{\Delta x \to 0} \left\{ \dfrac{a[f(x_0 + a\Delta x) - f(x_0)]}{a\Delta x} - \dfrac{b[f(x_0 + b\Delta x) - f(x_0)]}{b\Delta x} \right\}$

$$=af'(x_0)-bf'(x_0)=(a-b)f'(x_0)。$$

【例6】 求抛物线 $y=x^2$ 在点 （-2，4）处切线的斜率，并求切线方程和法线方程。

解 抛物线 $y=x^2$ 在点 （-2，4）处切线的斜率就是函数 $y=x^2$ 在 $x=-2$ 处的导数，所求切线斜率为

$$k=y'|_{x=-2}=2x|_{x=-2}=-4，$$

切线方程为
$$y-4=-4(x+2)。$$

法线的斜率为 $\frac{1}{4}$，故法线方程为 $y-4=\frac{1}{4}(x+2)$。

【例7】 求曲线 $y=\ln x$ 上的一点 （x_0，y_0），使过该点的切线与直线 $y=3x$ 平行。

解 两条直线平行，则它们的斜率相等，所以，过 （x_0，y_0） 与曲线 $y=\ln x$ 相切的切线的斜率就是直线 $y=3x$ 的斜率 $k=3$。故

$$k=y'|_{x=x_0}=\frac{1}{x}\Big|_{x=x_0}=\frac{1}{x_0}，所以 x_0=\frac{1}{3}，y_0=-\ln3。$$

所以曲线 $y=\ln x$ 上的点 $\left(\frac{1}{3}，-\ln3\right)$ 处的切线与直线 $y=3x$ 平行。

【例8】 讨论 $f(x)=\begin{cases} x^2\sin\dfrac{1}{x}，& x\neq0 \\ 0，& x=0 \end{cases}$ 在 $x=0$ 处的可导性。

解 函数 $f(x)$ 在 $x=0$ 的两侧（不包括 $x=0$）的表达式一样，但在 $x=0$ 处其对应规则和两侧的不同 ［定义 $f(0)=0$］，故应按导数定义来讨论在 $x=0$ 处的可导性。

$$\lim_{\Delta x\to0}\frac{f(0+\Delta x)-f(0)}{\Delta x}=\lim_{\Delta x\to0}\frac{(\Delta x)^2\sin\dfrac{1}{\Delta x}-0}{\Delta x}=\lim_{\Delta x\to0}\Delta x\sin\frac{1}{\Delta x}=0。$$

所以，$f(x)$ 在 $x=0$ 处可导，且 $f'(0)=0$。

【例9】 讨论函数 $f(x)=\begin{cases} x\sin\dfrac{1}{x}，& x\neq0 \\ 0，& x=0 \end{cases}$ 在 $x=0$ 处的连续性、可导性。

解 $f(x)$ 是分段函数，点 $x=0$ 是它的分界点，要用连续的定义来讨论 $f(x)$ 在 $x=0$ 处的连续性，要用导数的定义来讨论 $f(x)$ 在 $x=0$ 处的可导性。

先讨论连续性

$$\Delta y=f(x_0+\Delta x)-f(x_0)=f(0+\Delta x)-f(0)$$

$$\Delta y=(0+\Delta x)\sin\frac{1}{0+\Delta x}=\Delta x\sin\frac{1}{\Delta x}。$$

当 $\Delta x\to0$ 时，$\Delta y\to0$，所以 $f(x)$ 在 $x=0$ 处连续。

再讨论可导性

$$\lim_{\Delta x \to 0} \frac{\Delta y}{\Delta x} = \lim_{\Delta x \to 0} \frac{\Delta x \sin \dfrac{1}{\Delta x}}{\Delta x} = \lim_{\Delta x \to 0} \sin \frac{1}{\Delta x}，即不存在。$$

故 $f(x)$ 在 $x=0$ 处不可导。由此可知，函数连续不能保证它在该点可导。

【例 10】 求下列函数的导数：

(1) $y = \sqrt{x^3 - 4x}$；

(2) $y = \cos^2 \dfrac{1}{x^2}$；

(3) $y = \ln(x + \sqrt{x^2 + a^2})$；

(4) $y = \operatorname{arccot} \dfrac{1}{x}$。

解 (1) $y' = \dfrac{1}{2\sqrt{x^3 - 4x}}(x^3 - 4x)' = \dfrac{(3x^2 - 4)}{2\sqrt{x^3 - 4x}}$。

(2) $y' = 2\cos \dfrac{1}{x^2}\left(-\sin \dfrac{1}{x^2}\right)\left(-\dfrac{2}{x^3}\right) = \dfrac{2}{x^3}\sin \dfrac{2}{x^2}$。

(3) $y' = \dfrac{1}{x + \sqrt{x^2 + a^2}}\left(1 + \dfrac{2x}{2\sqrt{x^2 + a^2}}\right) = \dfrac{1}{\sqrt{x^2 + a^2}}$。

(4) $y' = -\dfrac{1}{1 + \left(\dfrac{1}{x}\right)^2}\left(-\dfrac{1}{x^2}\right) = \dfrac{1}{1 + x^2}$。

【例 11】 求下列函数的导数 $\dfrac{dy}{dx}$（其中 f 都可导）：

(1) $y = f(\sin^2 x)$；　　(2) $y = f(a^{-x})$；　　(3) $y = \arcsin f(x^2)$；

(4) $y = f(\sqrt{x^2 + a^2})$；　(5) $y = \dfrac{4x^2 - x + 2}{\sqrt{x}}$；　(6) $y = \ln \dfrac{a - bx}{a + bx}$。

解 (1) $y' = f'(\sin^2 x)2\sin x \cos x = \sin 2x f'(\sin^2 x)$。

(2) $y' = f'(a^{-x})a^{-x}\ln a(-1) = -a^{-x}\ln a f'(a^{-x})$。

(3) $y' = \dfrac{1}{\sqrt{1 - f^2(x^2)}}f'(x^2)2x = \dfrac{2xf'(x^2)}{\sqrt{1 - [f(x^2)]^2}}$。

(4) $y' = f'(\sqrt{x^2 + a^2})\dfrac{2x}{2\sqrt{x^2 + a^2}} = \dfrac{x}{\sqrt{x^2 + a^2}}f'(\sqrt{x^2 + a^2})$。

(5) $y' = (4x^{\frac{3}{2}} - x^{\frac{1}{2}} + 2x^{-\frac{1}{2}})' = 6x^{\frac{1}{2}} - \dfrac{1}{2}x^{-\frac{1}{2}} - x^{-\frac{3}{2}}$。

(6) $y = \ln \dfrac{a - bx}{a + bx} = \ln(a - bx) - \ln(a + bx)$。

$$y' = \frac{-b}{a - bx} - \frac{b}{a + bx} = (-b)\left[\frac{1}{a - bx} + \frac{1}{a + bx}\right]。$$

【例 12】 求下列函数的高阶导数 $y^{(n)}$：

(1) $y = \dfrac{1}{1 - x^2}$；

(2) $y = \ln \dfrac{1 - x}{1 + x}$。

解 (1) $y = \dfrac{1}{1-x^2} = \dfrac{1}{(1-x)(1+x)} = \dfrac{1}{2}\left(\dfrac{1}{1-x} + \dfrac{1}{1+x}\right)$。

$$y^{(n)} = \left(\dfrac{1}{1-x^2}\right)^{(n)} = \dfrac{1}{2}\left[\left(\dfrac{1}{1-x}\right)^{(n)} + \left(\dfrac{1}{1+x}\right)^{(n)}\right]。$$

因为 $\left(\dfrac{1}{1-x}\right)' = \dfrac{1}{(1-x)^2}$；

$\left(\dfrac{1}{1-x}\right)'' = \dfrac{(-2)(-1)}{(1-x)^3} = \dfrac{2}{(1-x)^3}$；

$\left(\dfrac{1}{1-x}\right)''' = \dfrac{(-3)\times 2\times(-1)}{(1-x)^4} = \dfrac{6}{(1-x)^4}$；

……

$\left(\dfrac{1}{1-x}\right)^{(n)} = \dfrac{n!}{(1-x)^{n+1}}$。

同理 $\left(\dfrac{1}{1+x}\right)^{(n)} = \dfrac{(-1)^n n!}{(1+x)^{n+1}}$。

所以 $y^{(n)} = \left(\dfrac{1}{1-x^2}\right)^{(n)} = \dfrac{1}{2}\left[\dfrac{n!}{(1-x)^{n+1}} + \dfrac{(-1)^n \cdot n!}{(1+x)^{n+1}}\right]$。

(2) $y = \ln\dfrac{1-x}{1+x} = \ln(1-x) - \ln(1+x)$，

因为 $[\ln(1-x)]' = -\dfrac{1}{1-x}$；$[\ln(1-x)]'' = -\left(\dfrac{1}{1-x}\right)' = -\dfrac{1}{(1-x)^2}$。

由(1)题可知

$[\ln(1-x)]^{(n)} = -\dfrac{(n-1)!}{(1-x)^n}$，

$[\ln(1+x)]^{(n)} = \dfrac{(-1)^{n-1}(n-1)!}{(1+x)^n}$，

所以 $y^{(n)} = \left[\ln\dfrac{1-x}{1+x}\right]^{(n)} = -[(n-1)!]\left[\dfrac{1}{(1-x)^n} + \dfrac{(-1)^{n-1}}{(1+x)^n}\right]$。

【例 13】 求下列方程所确定的隐函数 $y = y(x)$ 的导数 $\dfrac{\mathrm{d}y}{\mathrm{d}x}$：

(1) $3x^2 + xy - 5y + 1 = 0$；

(2) $\mathrm{e}^y + xy = \mathrm{e}$；

(3) $\arctan\dfrac{y}{x} = \ln\sqrt{x^2+y^2}$。

解 对方程所确定的隐函数的求导，但在求导过程中，要记住 y 是 x 的函数，把 y 视作一个中间变量。

(1) $3x^2 + xy - 5y + 1 = 0$ 对方程两边关于 x 求导

$$6x + y + xy' - 5y' = 0,$$

解得 $y' = \dfrac{6x+y}{5-x}$。

(2) $e^y + xy = e$ 对两边求导有：

$$e^y y' + y + xy' = 0，即 \ y' = \frac{-y}{x + e^y}。$$

(3) $\arctan \dfrac{y}{x} = \ln \sqrt{x^2 + y^2}$ 对两边求导：

$$\frac{\left(\dfrac{y}{x}\right)'}{1 + \left(\dfrac{y}{x}\right)^2} = \frac{1}{2} \times \frac{(x^2 + y^2)'}{x^2 + y^2}，即 \ \frac{y'x - y}{x^2\left(1 + \dfrac{y^2}{x^2}\right)} = \frac{1}{2} \times \frac{2x + 2yy'}{x^2 + y^2},$$

解得 $y' = \dfrac{x + y}{x - y}$。

【例 14】 已知下列参数方程，求 $\dfrac{\mathrm{d}y}{\mathrm{d}x}$：

(1) $\begin{cases} x = \dfrac{a}{2}\left(t + \dfrac{1}{t}\right) \\ y = \dfrac{b}{2}\left(t - \dfrac{1}{t}\right) \end{cases}$；
(2) $\begin{cases} x = a\cos t \\ y = b\sin t \end{cases}$。

解 由参数方程 $\begin{cases} x = \varphi(t) \\ y = \psi(t) \end{cases}$ 确定 $y = y(x)$，其导数为

$$\frac{\mathrm{d}y}{\mathrm{d}x} = \frac{\psi'(t)}{\varphi'(t)}。$$

(1) $x = \varphi(t) = \dfrac{a}{2}\left(t + \dfrac{1}{t}\right)$，$\varphi'(t) = \dfrac{a}{2}\left(1 - \dfrac{1}{t^2}\right)$；

$\quad y = \psi(t) = \dfrac{b}{2}\left(t - \dfrac{1}{t}\right)$，$\psi'(t) = \dfrac{1}{2}\left(1 + \dfrac{1}{t^2}\right)$；

$$\frac{\mathrm{d}y}{\mathrm{d}x} = \frac{\psi'(t)}{\varphi'(t)} = \frac{b(t^2 + 1)}{a(t^2 - 1)}。$$

(2) $\dfrac{\mathrm{d}x}{\mathrm{d}t} = -a\sin t$；$\dfrac{\mathrm{d}y}{\mathrm{d}t} = b\cos t$；$\dfrac{\mathrm{d}y}{\mathrm{d}x} = -\dfrac{b}{a}\cot t$。

【例 15】 求下列函数的微分：

(1) $y = 3^{\cos 2x}$；
(2) $y = x^2 \sin 2x$；

(3) $y = \ln(\sin x + \cos x)$；
(4) $y = \sin^2 x + \cos x^2$。

解 利用公式 $\mathrm{d}y = y'\mathrm{d}x$ 来求 $\mathrm{d}y$。

(1) $y = 3^{\cos 2x}$，$\mathrm{d}y = -2\ln 3 \times 3^{\cos 2x}\sin 2x \mathrm{d}x$。

(2) $y = x^2 \sin 2x$，$\mathrm{d}y = 2x(\sin 2x + x\cos 2x)\mathrm{d}x$。

(3) $y = \ln(\sin x + \cos x)$，$\mathrm{d}y = \dfrac{\cos x - \sin x}{\sin x + \cos x}\mathrm{d}x$。

(4) $y = \sin^2 x + \cos x^2$，$\mathrm{d}y = (\sin 2x - 2x\sin x^2)\mathrm{d}x$。

【例 16】 求 $\dfrac{\mathrm{d}(\ln x)}{\mathrm{d}\sqrt{x}}$。

解 $\dfrac{\mathrm{d}(\ln x)}{\mathrm{d}\sqrt{x}}=\dfrac{\mathrm{d}\ln x}{\mathrm{d}x}\times\dfrac{\mathrm{d}x}{\mathrm{d}\sqrt{x}}=\dfrac{\mathrm{d}\ln x}{\mathrm{d}x}\times\dfrac{1}{\dfrac{\mathrm{d}\sqrt{x}}{\mathrm{d}x}}=\dfrac{1}{x}\times\dfrac{1}{\dfrac{1}{2\sqrt{x}}}=\dfrac{2}{\sqrt{x}}$。

【例 17】 某商品的需求函数为 $Q=100-5P$，其中 Q 为需求量，P 为价格，求需求的价格弹性函数，并求当 $P=10$ 时的价格弹性。

解 需求函数表示商品的需求量与价格之间的关系，需求的价格弹性反映需求量的变动对价格变动的敏感程度，设 $\dfrac{EQ}{EP}$ 为需求的价格弹性，则需求的价格弹性函数为

$$\frac{EQ}{EP}=-\frac{\mathrm{d}Q}{\mathrm{d}P}\frac{P}{Q}=5\frac{P}{Q}=\frac{5P}{100-5P}。$$

当 $P=10$ 时，$\dfrac{EQ}{EP}\Big|_{P=10}=\dfrac{5\times10}{100-50}=1$。

结果说明，当商品的价格在 $P=10$ 的基础上上升 1% 时，人们对它的需求就下降 1%。

Ⅳ 练习题

1. 求下列函数的导数：

(1) $2+3\sqrt{x}$；

(2) $\dfrac{a}{x}-\sqrt{x}$；

(3) $2\sqrt[3]{x}-\dfrac{1}{x^2}+1$；

(4) $\dfrac{1}{\sqrt{t}}+t^{\frac{2}{3}}$；

(5) $\dfrac{mx^2+nx+p}{a+b}$；

(6) $x\sqrt[3]{x}$；

(7) $(\sqrt{x}+1)\left(\dfrac{1}{\sqrt{x}}-1\right)$；

(8) $x(x-1)(x+2)$；

(9) $\dfrac{1}{1+x^2}$；

(10) $\dfrac{1-x}{1+x}$；

(11) $\dfrac{x^2}{1+x}$；

(12) $\dfrac{1+x^2+x^4}{x}$。

2. 求下列函数的导数：

(1) $\sin t+\cos t$；

(2) $\varphi\sin\varphi$；

(3) $2\tan x+\sec x-1$；

(4) $\dfrac{2}{\tan x}$；

(5) $\dfrac{\tan x}{x}$；

(6) $\dfrac{\sin\theta}{\theta}+\dfrac{\theta}{\cos\theta}$；

(7) $\dfrac{t}{1-\cos t}$；

(8) $\dfrac{x\sin x}{1+\tan x}$；

(9) $(2+\sec x)\sin x$。

3. 求下列函数的导数：

(1) $a^x+\mathrm{e}^x$；

(2) $\mathrm{e}^x\ln x$；

(3) $\log_2 x+\log_2(x^2)$；

(4) $\mathrm{e}^x\sin x$；

(5) $t\ln t-t$；

(6) $\dfrac{10^x-1}{10^x+1}$；

(7) $\mathrm{e}^x(\sin x+\cos x)$；

(8) $\dfrac{\ln\omega}{\omega^n}$；

(9) $\dfrac{1-\ln t}{1+\ln t}$。

4. 求下列函数的导数：

(1) e^{-x}；   (2) $\ln(1-x)$；   (3) $\dfrac{-1}{1-x}$；

(4) $\dfrac{1}{(2-x)^2}$；   (5) $\sqrt{3-x}$；   (6) $\cos(4-3x)$；

(7) $\ln(ax+b)$；   (8) $\tan(1+x)+\sec(1-x)$；   (9) $\tan\dfrac{t}{2}-\cot\dfrac{t}{2}$；

(10) $\cos3\theta+\ln2\theta$；   (11) $(10-x)^{10}$；   (12) $\arcsin(1-2x)$；

(13) $\arctan(x^2)$；   (14) $\sin(x^2)$；   (15) e^{-x+x^2}；

(16) $x+\sqrt{1-x^2}$； (17) $\dfrac{x}{\sqrt{1-x^2}}$；   (18) $e^{-\sin x}+\sin x$；

(19) $\ln(x+\sqrt{a^2+x^2})$；   (20) $\ln(\cos t+\tan t)$；

(21) $x\arcsin x-\dfrac{x}{\sqrt{1-x}}$；   (22) $x^2\sin\dfrac{1}{x}$。

5. 求下列各隐函数的导数 $\dfrac{dy}{dx}$：

(1) $xy=1$；   (2) $\dfrac{x}{a^2}-\dfrac{y}{b^2}=1$；

(3) $y=\cos(x+y)$；   (4) $\sqrt{x}+\sqrt{y}=\sqrt{a}$；

(5) $x^{\frac{2}{3}}+y^{\frac{2}{3}}=a^{\frac{2}{3}}$；   (6) $x^3+y^3-3a^3xy=0$；

(7) $(2x+y)(2x-y)=1$；   (8) $e^y-e^{-x}+xy=0$；

(9) $e^x\sin y-e^{-y}\cos x=0$；   (10) $x=y+\arctan y$；

6. 求下列函数的微分：

(1) $d\left(\dfrac{1}{4}\sqrt{x}\right)$； (2) $d\left[\ln\dfrac{1+x}{1-x}\right]$；   (3) $d(\sqrt{1+x^2})$；   (4) $d(\cos ax)$；

(5) $d(e^{-ax})$； (6) $d(\arccos\sqrt{x})$；   (7) $d(x\ln x)$；   (8) $d(e^{\sin x})$；

7. 求下列各参数方程所确定的函数的各阶导数：

(1) $\begin{cases} x=at^2 \\ y=bt^3 \end{cases}$，求 y_x''；

(2) $\begin{cases} x=\dfrac{1}{1+t} \\ y=\dfrac{t}{1+t} \end{cases}$，求 y_x'，y_x''；

(3) $\begin{cases} x=a\cos t \\ y=a\sin t \end{cases}$，求 y_x'；

(4) $\begin{cases} x=a(\varphi-\sin\varphi) \\ y=a(1-\cos\varphi) \end{cases}$，求 $\dfrac{dy}{dx}$。

V　参考答案

1. (1) $\dfrac{3}{2\sqrt{x}}$； (2) $-\dfrac{a}{x^2}-\dfrac{1}{2\sqrt{x}}$； (3) $\dfrac{2}{3}x^{-\frac{2}{3}}+2x^{-3}$；

(4) $-\dfrac{1}{2}t^{-\frac{3}{2}}+\dfrac{2}{3}t^{-\frac{1}{3}}$; (5) $\dfrac{2mx+n}{a+b}$; (6) $\dfrac{4}{3}x^{\frac{1}{3}}$; (7) $-\dfrac{1}{2\sqrt{x}}-\dfrac{1}{2\sqrt{x^3}}$;

(8) $3x^2+2x-2$; (9) $\dfrac{-2x}{(1+x^2)^2}$; (10) $-\dfrac{2}{(1+x)^2}$; (11) $1-\dfrac{1}{(1+x)^2}$;

(12) $-\dfrac{1}{x^2}+1+3x^2$。

2. (1) $\cos t-\sin t$; (2) $\sin\varphi+\varphi\cos\varphi$; (3) $2\sec^2 x+\sec x\tan x$;

(4) $-2\csc^2 x$; (5) $\dfrac{x\sec^2 x-\tan x}{x^2}$; (6) $\dfrac{\theta\cos\theta-\sin\theta}{\theta^2}+\dfrac{\cos\theta+\theta\sin\theta}{\cos^2\theta}$;

(7) $\dfrac{1-\cos t-t\sin t}{(1-\cos t)^2}$; (8) $\dfrac{(1+\tan x)(\sin x+x\cos x)-x\sin x\sec^2 x}{(1+\tan x)^2}$;

(9) $2\cos x+\sec^2 x$。

3. (1) $a^x\ln a+e^x$; (2) $e^x(\sin x+\cos x)$; (3) $\dfrac{3}{x\ln 2}$; (4) $e^x(\sin x+\cos x)$;

(5) $\ln t$; (6) $\dfrac{2\cdot 10^x\ln 10}{(1+10^x)^2}$; (7) $2e^x\cos x$; (8) $\dfrac{1-n\ln\omega}{\omega^{n+1}}$; (9) $\dfrac{-2}{t(1+\ln t)^2}$。

4. (1) $-e^{-x}$; (2) $-\dfrac{1}{1-x}$; (3) $-\dfrac{1}{(1-x)^2}$; (4) $\dfrac{2}{(2-x)^3}$;

(5) $-\dfrac{1}{2\sqrt{3-x}}$; (6) $3\sin(4-3x)$; (7) $\dfrac{a}{ax+b}$;

(8) $\sec^2(1+x)-\sec(1-x)\tan(1-x)$; (9) $\dfrac{1}{2}\left(\sec^2\dfrac{t}{2}+\csc^2\dfrac{t}{2}\right)$;

(10) $-3\sin 3\theta-\dfrac{1}{\theta}$; (11) $-10(10-x)^9$; (12) $\dfrac{-1}{\sqrt{x-x^2}}$; (13) $\dfrac{2x}{1+x^4}$;

(14) $2x\cos x^2$; (15) $(2x-1)e^{-x+x^2}$; (16) $1-\dfrac{x}{\sqrt{1-x^2}}$;

(17) $\dfrac{1}{(1-x^2)^{\frac{3}{2}}}$; (18) $\cos x(1-e^{-\sin x})$; (19) $\dfrac{1}{\sqrt{a^2+x^2}}$; (20) $\sec t$;

(21) $\arcsin x+\dfrac{x}{\sqrt{1-x^2}}-\dfrac{1}{\sqrt{1-x}}-\dfrac{x}{2\sqrt{(1-x)^3}}$;

(22) $2x\sin\dfrac{1}{x}-\cos\dfrac{1}{x}$。

5. (1) $-\dfrac{1}{x^2}$; (2) $\dfrac{b^2x}{a^2y}$; (3) $\dfrac{-\sin(x+y)}{1+\sin(x+y)}$; (4) $-\sqrt{\dfrac{y}{x}}$; (5) $-\sqrt[3]{\dfrac{y}{x}}$;

(6) $\dfrac{a^2y-x^2}{y^2-a^2x}$; (7) $\dfrac{4x}{y}$; (8) $-\dfrac{y+e^{-x}}{x+e^y}$; (9) $\dfrac{-(e^x\sin y+e^{-y}\sin x)}{e^x\cos y+e^{-y}\cos x}$;

(10) $\dfrac{1+y^2}{2+y^2}$。

6. (1) $\dfrac{1}{8\sqrt{x}}\mathrm{d}x$; (2) $\dfrac{2}{1-x^2}\mathrm{d}x$; (3) $\dfrac{x}{\sqrt{1+x^2}}\mathrm{d}x$; (4) $-a\sin ax\,\mathrm{d}x$;

(5) $-a\mathrm{e}^{-ax}\mathrm{d}x$; (6) $\dfrac{-1}{2\sqrt{x}\sqrt{1-x}}\mathrm{d}x$; (7) $(1+\ln x)\mathrm{d}x$;

(8) $\cos x\mathrm{e}^{\sin x}\mathrm{d}x$。

7. (1) $\dfrac{3b}{4a^2 t}$; (2) -1, 0; (3) $-\cot t$; (4) $\cot\dfrac{\varphi}{2}$。

第四章　微分中值定理和导数的应用

Ⅰ　基本要求

（1）会叙述罗尔定理，拉格朗日中值定理。知道定理的条件和结论，了解其证明的思路和过程。

（2）知道洛必达法则成立的条件，会熟练地运用洛必达法则求各种待定型的极限。

（3）理解函数的极值概念，掌握用导数判定函数的单调性和极值点。

（4）掌握用导数判定函数所对应的曲线的凸向和拐点。

（5）利用导数做出函数曲线的渐近线。

（6）能利用导数工具分析一些常见的最大值、最小值问题。

Ⅱ　重点内容

1. 罗尔定理

设函数 $y=f(x)$ 在 $[a, b]$ 上连续，在 (a, b) 上可导，且 $f(a)=f(b)$，则 $\exists \xi \in (a, b)$，使得

$$f'(\xi)=0。$$

定理的几何意义是：如果光滑曲线 $\Gamma : y=f(x)(x \in [a, b])$ 的两端点 A 和 B 等高，即它连线 AB 是水平的，则在 Γ 曲线上必有一点 $C(\xi, f(\xi))(\xi \in (a, b))$，曲线在 C 点的切线是水平的（如图 4-1 所示）。

2. 拉格朗日中值定理

设函数 $f(x)$ 在 $[a, b]$ 上连续，在 (a, b) 上可导，则 $\exists \xi \in (a, b)$，使得

$$\frac{f(b)-f(a)}{b-a}=f'(\xi)。$$

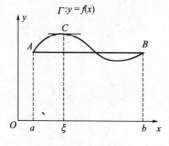

图 4-1

3. 拉格朗日中值定理的两个推论

推论 1　如果函数 $f(x)$ 在区间 I 上的导数恒等于零，则 $f(x)$ 在 I 上是一个常数。

推论 2　假设在区间 I 上两个函数 $f(x)$ 和 $g(x)$ 的导数处处相等，则 $f(x)$ 与 $g(x)$ 仅相

差一个常数。

4. 未定式，洛必达法则

对于极限式 $\lim\limits_{x \to x_0} \dfrac{f(x)}{F(x)}$，

如果 $\lim\limits_{x \to x_0} f(x) = 0$，$\lim\limits_{x \to x_0} F(x) = 0$，则称极限式 $\lim\limits_{x \to x_0} \dfrac{f(x)}{F(x)}$ 为 $\dfrac{0}{0}$ 型未定式。

如果 $\lim\limits_{x \to x_0} f(x) = \infty$，$\lim\limits_{x \to x_0} F(x) = \infty$，则称极限式 $\lim\limits_{x \to x_0} \dfrac{f(x)}{F(x)}$ 为 $\dfrac{\infty}{\infty}$ 型未定式。

对未定式求极限，采用洛必达法则

$$\lim_{x \to x_0} = \frac{f(x)}{F(x)} = \lim_{x \to x_0} \frac{f'(x)}{F'(x)} = A \text{（或} \infty \text{）}。$$

5. 函数单调性的判定

假设函数 $f(x)$ 在 $[a, b]$ 上连续，在 (a, b) 上可导，则当 $f'(x) > 0$ 时，$f(x)$ 在 $[a, b]$ 上单调增加；当 $f'(x) < 0$ 时 $f(x)$ 在 $[a, b]$ 上单调减少。

6. 曲线 $y = f(x)$ $(x \in I)$ 凹凸性的判定

若 $f''(x) > 0$ $(\forall x \in I)$，则曲线 C 是凹的；

若 $f''(x) < 0$ $(\forall x \in I)$，则曲线 C 是凸的。

7. 函数极值的判定

（1）极值存在的必要条件：设函数 $f(x)$ 在点 x_0 可导，且 x_0 是 $f(x)$ 的极值点，则必有 $f'(x_0) = 0$。

（2）极值的第一充分条件：设函数 $f(x)$ 在点 x_0 的一个邻域上连续，在去心邻域上可导。

（ⅰ）若 $x \in (x_0 - \delta, x_0)$ 时 $f'(x) < 0$，而 $x \in (x_0, x_0 + \delta)$ 时 $f'(x) > 0$，则 $f(x_0)$ 是 $f(x)$ 的极小值。

（ⅱ）若 $x \in (x_0 - \delta, x_0)$ 时，$f'(x) > 0$，而 $x \in (x_0, x_0 + \delta)$ 时 $f'(x) < 0$，则 $f(x_0)$ 是 $f(x)$ 的极大值。

（3）极值的第二充分条件：设 $f(x)$ 在点 x_0 有二阶导数，且 $f'(x_0) = 0$ 则

（ⅰ）$f''(x_0) > 0$ 时，$f(x_0)$ 是 $f(x)$ 的极小值。

（ⅱ）$f''(x_0) < 0$ 时，$f(x_0)$ 是 $f(x)$ 的极大值。

8. 拐点

（1）拐点：凹弧和凸弧的分界点称为曲线的拐点。

（2）拐点求法：由 $f(x)$ 找出 $f''(x) = 0$ 的根和 $f''(x)$ 不存在点，并要求 $f''_-(x_0) \cdot f''_+(x_0) < 0$，则 x_0 是拐点。

9. 曲线的渐近线

（1）水平渐近线：$\lim\limits_{x \to \infty} f(x) = b$，$y = b$ 为曲线的水平渐近线。

（2）竖直渐近线：$\lim\limits_{x \to a^-} f(x) = \infty$ 或 $\lim\limits_{x \to a^+} f(x) = \infty$，则 $x = a$ 是曲线 $y =$

$f(x)$ 的竖直渐近线。

Ⅲ 典型例题解析

【例 1】 下列函数在所给区间上是否满足罗尔定理的条件？为什么？

(1) $f(x) = \dfrac{\sin x}{x}$，$[-1, 1]$；　　　　(2) $f(x) = |x|$，$[-1, 1]$；

(3) $f(x) = x^2$，$[0, 2]$。

解 验证函数 $f(x)$ 在给定的区间 $[a, b]$ 是否满足罗尔定理的条件，就是要逐一检查是否满足下列三个条件：

$1°f(x)$ 在 $[a, b]$ 上连续；$2°f(x)$ 在 (a, b) 内可导；$3°f(a) = f(b)$。

(1) 因为 $f(x) = \dfrac{\sin x}{x}$ 在 $x = 0$ 处无定义，所以不连续，故 $f(x)$ 在 $[-1, 1]$ 上不满足罗尔条件 $1°$。

(2) $f(x) = |x|$ 在 $[-1, 1]$ 上是连续函数，但在 $(-1, 1)$ 内不可导，在点 $x = 0$ 处不可导，故不满足罗尔条件 $2°$。

(3) $f(x) = x^2$ 在 $[0, 2]$ 上是连续函数，在 $(0, 2)$ 内可导，然而 $f(0) = 0 \neq f(2) = 4$，所以 $f(x)$ 不满足罗尔定理条件 $3°$。

但是，罗尔定理的条件是充分的，而不是必要的，亦就是说，在定义区间上虽然不全都满足罗尔条件，有可能在开区间内确定存在这样的点 ξ，使 $f'(\xi) = 0$。

【例 2】 验证函数 $f(x) = x^2 - 2x - 3$ 在 $[-1, 3]$ 上满足罗尔定理的条件，并求定理结论中的 ξ。

解 因为初等函数 $f(x) = x^2 - 2x - 3$ 在 $[-1, 3]$ 上处处有定义、连续；又 $f'(x) = 2x - 2$ 在 $(-1, 3)$ 上可导，又因 $f(-1) = 0 = f(3)$，故满足定理条件。

令 $f'(\xi) = 2\xi - 2 = 0$，解出 $\xi = 1$。

【例 3】 验证函数 $f(x) = \ln x$ 在 $[1, e]$ 上满足拉氏定理条件，并求定理结论中的 ξ。

解 因为 $f(x) = \ln x$ 在 $[1, e]$ 上处处连续，$f'(x) = \dfrac{1}{x}$，在 $(1, e)$，内可导，$f(1) = 0 \neq f(e) = 1$，条件全满足，有其结论。

令 $f'(x) = \dfrac{f(e) - f(1)}{e - 1}$，

即 $\dfrac{1}{x} = \dfrac{1 - 0}{e - 1}$，$x = e - 1$，故在 $(1, e)$ 内存在 $\xi = e - 1$ 点使得

$$f'(\xi) = \frac{f(e) - f(1)}{e - 1} = \frac{1}{e - 1}。$$

【例 4】 已知函数 $f(x)=(x-1)(x-2)(x-3)(x-4)$，可求导数。说明方程 $f'(x)=0$ 有几个实根，并指出他们所在的区间。

解 $f(x)$ 在 $(-\infty, +\infty)$ 上连续且可导，$f(1)=f(2)=f(3)=f(4)$，所以由罗尔定理，$f'(x)$ 在 $(1, 2)$，$(2, 3)$，$(3, 4)$ 内肯定分别存在点 $\xi_1\in(1, 2)$，$\xi_2\in(2, 3)$，$\xi_3\in(3, 4)$，使 $f'(\xi_1)=0$，$f'(\xi_2)=0$，$f'(\xi_3)=0$，因为 $f'(x)=0$ 为三次方程，最多有 3 个实根，所以 $f'(x)=0$ 恰有 3 个实根，它们分别落在区间 $(1, 2)$，$(2, 3)$，$(3, 4)$ 中。

【例 5】 证明下列不等式：

(1) $|\sin x-\sin y|\leqslant|x-y|$；

(2) 当 $x>0$ 时，$\dfrac{x}{1+x}<\ln(1+x)<x$。

证 利用拉氏中值定理来证。

(1) 取 $f(t)=\sin t$ 在区间 $[y, x]$ 上满足拉氏定理条件，从而有

$$\frac{\sin x-\sin y}{x-y}=(\sin t)'|_{t=\xi}=\cos\xi, \xi\in(y, x) \text{ 之间},$$

即 $$\sin x-\sin y=\cos\xi\cdot(x-y),$$

故而有 $$|\sin x-\sin y|=|\cos\xi||x-y|\leqslant|x-y| \text{ 成立}.$$

(2) 取函数 $f(t)=\ln t$ 在 $[1, 1+x]$ 上 $(x>0)$ 满足拉氏条件，

从而有 $$\frac{\ln(1+x)-\ln 1}{1+x-1}=(\ln t)'|_{t=\xi}=\xi,$$

$$\frac{\ln(1+x)}{x}=\frac{1}{\xi}, \ln(1+x)=\frac{x}{\xi}.$$

因为 $1<\xi<1+x$，所以 $\dfrac{1}{1+x}<\dfrac{1}{\xi}<1$，由 $x>0$ 故有

$$\frac{x}{1+x}<\frac{x}{\xi}<x,$$

即 $\dfrac{x}{1+x}<\ln(1+x)<x$ 成立。

【例 6】 求下列函数极限：

(1) $\lim\limits_{x\to0}\dfrac{\sin 5x}{\tan 3x}$；

(2) $\lim\limits_{x\to0}\dfrac{a^x-b^x}{x}$ $(a、b>0)$；

(3) $\lim\limits_{x\to+\infty}\dfrac{\dfrac{1}{x}}{\dfrac{\pi}{2}-\arctan x}$；

(4) $\lim\limits_{x\to0}\dfrac{x(1-\cos x)}{x-\sin x}$；

(5) $\lim\limits_{x\to+\infty}\dfrac{\ln x}{x^a}$ $(a>0)$；

(6) $\lim\limits_{x\to+\infty}\dfrac{x^n}{e^{ax}}$ $(n$ 正整数，$a>0)$；

(7) $\lim\limits_{x\to\frac{\pi}{2}}\dfrac{\tan x}{\tan 3x}$；

(8) $\lim\limits_{x\to+\infty}\dfrac{\ln(1+e^x)}{x}$。

解 (1) $\lim\limits_{x\to 0}\dfrac{\sin 5x}{\tan 3x}=\lim\limits_{x\to 0}\dfrac{\dfrac{5\sin 5x}{5x}}{\dfrac{3\tan 3x}{3x}}=\dfrac{5}{3}$;

另一法：利用等价无穷小代替，因为当 $x\to 0$，$\tan 3x\sim 3x$，$\sin 5x\sim 5x$

所以 $\lim\limits_{x\to 0}\dfrac{\sin 5x}{\tan 3x}=\lim\limits_{x\to 0}\dfrac{5x}{3x}=\dfrac{5}{3}$。

(2) $\lim\limits_{x\to 0}\dfrac{a^x-b^x}{x}\overset{\frac{0}{0}}{=}\lim\limits_{x\to 0}\dfrac{(a^x-b^x)'}{(x)'}=\lim\limits_{x\to 0}\dfrac{a^x\ln a-b^x\ln b}{1}=\ln a-\ln b$。

(3) $\lim\limits_{x\to +\infty}\dfrac{\dfrac{1}{x}}{\dfrac{\pi}{2}-\arctan x}\overset{\frac{0}{0}}{=}\lim\limits_{x\to +\infty}\dfrac{-\dfrac{1}{x^2}}{-\dfrac{1}{1+x^2}}=\lim\limits_{x\to +\infty}\dfrac{1+x^2}{x^2}=1$。

(4) $\lim\limits_{x\to 0}\dfrac{x(1-\cos x)}{x-\sin x}\overset{\frac{0}{0}}{=}\lim\limits_{x\to 0}\dfrac{\dfrac{1}{2}x^3}{x-\sin x}\overset{\frac{0}{0}}{=}\lim\limits_{x\to 0}\dfrac{\dfrac{3}{2}x^2}{1-\cos x}\overset{\frac{0}{0}}{=}\lim\limits_{x\to 0}\dfrac{3x}{\sin x}=3$。

(5) $\lim\limits_{x\to +\infty}\dfrac{\ln x}{x^a}\overset{\frac{\infty}{\infty}}{=}\lim\limits_{x\to +\infty}\dfrac{\dfrac{1}{x}}{ax^{a-1}}=\lim\limits_{x\to +\infty}\dfrac{1}{ax^a}=0$。

(6) $\lim\limits_{x\to +\infty}\dfrac{x^n}{e^{ax}}\overset{\frac{\infty}{\infty}}{=}\lim\limits_{x\to +\infty}\dfrac{nx^{n-1}}{ae^{ax}}\overset{\frac{\infty}{\infty}}{=}\cdots=\lim\limits_{x\to +\infty}\dfrac{n!}{a^n e^{ax}}=0$。

(7) $\lim\limits_{x\to \frac{\pi}{2}}\dfrac{\tan x}{\tan 3x}=\lim\limits_{x\to \frac{\pi}{2}}\dfrac{\sin x\cos 3x}{\cos x\sin 3x}=\lim\limits_{x\to \frac{\pi}{2}}\dfrac{\sin x}{\sin 3x}\lim\limits_{x\to \frac{\pi}{2}}\dfrac{\cos 3x}{\cos x}$

$=-\lim\limits_{x\to \frac{\pi}{2}}\dfrac{\cos 3x}{\cos x}\overset{\frac{0}{0}}{=}-\lim\limits_{x\to \frac{\pi}{2}}\dfrac{-3\sin 3x}{-\sin x}=3$。

(8) $\lim\limits_{x\to +\infty}\dfrac{\ln\,(1+e^x)}{x}\overset{\frac{\infty}{\infty}}{=}\lim\limits_{x\to +\infty}\dfrac{e^x}{1+e^x}=1$。

【例 7】 求下列函数极限：

(1) $\lim\limits_{x\to \infty}\dfrac{x-\sin x}{x}$;　　　　　(2) $\lim\limits_{x\to 0}\dfrac{x^2\sin\dfrac{1}{x}}{\sin x}$。

解 (1) $\lim\limits_{x\to \infty}\dfrac{x-\sin x}{x}$ 此极限已定型，不能用洛必达法则。

$$\lim\limits_{x\to \infty}\dfrac{x-\sin x}{x}=\lim\limits_{x\to \infty}\left(1-\dfrac{\sin x}{x}\right)=1-0=1。$$

(2) $\lim\limits_{x\to 0}\dfrac{x^2\sin\dfrac{1}{x}}{\sin x}=\lim\limits_{x\to 0}\dfrac{x}{\sin x}\lim\limits_{x\to 0}x\sin\dfrac{1}{x}=1\times 0=0$。

【例 8】 讨论下列函数在指定区间上的单调性：

(1) $y=x^3+3x^2-2$，$(-3,2)$;

(2) $y=x(48-2x)^2$, $(-\infty, +\infty)$;

(3) $y=(x-2)^2\sqrt[3]{(x+1)^2}$, $(-\infty, +\infty)$。

解 (1) $y'=3x^2+6x=3x(x+2)$,

令 $y'=0$，得 $x_1=0$，$x_2=-2$，把区间分成小区间（如表 4-1 所示）。

表 4-1

x	$(-3,-2)$	-2	$(-2,0)$	0	$(0,2)$
y'	$+$	0	$-$	0	$+$
y	↗	2	↘	-2	↗

一般地，要判定函数的单调性，先求 $f'(x)=0$ 的根及 $f'(x)$ 不存在的点。然后用分点给区间分成几个小区间，再由 y' 判定符号，分别确定 $f(x)$ 的单调性。

(2) $y=x(48-2x)^2$, $D(f)$：$(-\infty, +\infty)$,

$y'=12(24-x)(8-x)$,

令 $y'=0$，得 $x_1=24$，$x_2=8$，把区间分成小区间（如表 4-2 所示）。

表 4-2

x	$(-\infty,8)$	8	$(8,24)$	24	$(24,+\infty)$
y'	$+$	0	$-$	0	$+$
y	↗	8192	↘	0	↗

(3) $y=(x-2)^2\sqrt[3]{(x+1)^2}$, $D(f)$：$(-\infty, +\infty)$,

$y'=\dfrac{2(x-2)(4x+1)}{3(x+1)^{\frac{1}{3}}}$,

导数为零和导数不存在的点 $x_1=-1$，$x_2=-\dfrac{1}{4}$，$x_3=2$，把区间分成小区间（如表 4-3 所示）。

表 4-3

x	$(-\infty,-1)$	-1	$\left(-1,-\dfrac{1}{4}\right)$	$-\dfrac{1}{4}$	$\left(-\dfrac{1}{4},2\right)$	2	$(2,+\infty)$
y'	$-$	不存在	$+$	0	$-$	0	$+$
y	↘	0	↗	$9\left(\dfrac{3}{4}\right)^{\frac{8}{3}}$	↘	0	↗

【例 9】 利用函数的单调性，证明下列不等式：

(1) $\ln(1+x)>\dfrac{\arctan x}{1+x}$, $x>0$;

(2) $x-\dfrac{1}{2}x^2<\ln(1+x)<x$，$x>0$。

证 要证明形如 $f(x)>g(x)$ 的不等式，也就是要证明不等式
$$f(x)-g(x)>0。$$

(1) 当 $x>0$ 时，$\ln(1+x)>\dfrac{\arctan x}{1+x}$，将它变形，

在 $x>0$ 条件下，$(1+x)\ln(1+x)>\arctan x$。

设 $f(x)=(1+x)\ln(1+x)-\arctan x$，则
$$f'(x)=\ln(1+x)+1-\frac{1}{1+x^2}=\ln(1+x)+\frac{x^2}{1+x^2}>0。$$

所以，当 $x>0$ 时，$f(x)$ 单调增加；又因 $f(0)=0$，故当 $x>0$ 时
$$f(x)>0，$$

故 $(1+x)\ln(1+x)-\arctan x>0$，

即 $\ln(1+x)>\dfrac{\arctan x}{1+x}$。

(2) $x-\dfrac{1}{2}x^2<\ln(1+x)<x$，$x>0$，设 $f(x)=x-\ln(1+x)$，则有
$$f'(x)=1-\frac{1}{1+x}=\frac{x}{1+x}，$$

因为当 $x>0$ 时，$\dfrac{x}{1+x}>0$，即 $f'(x)>0$ 是单调增加，

又因 $f(0)=0-\ln(1+0)=0$，所以当 $x>0$ 时，$f(x)>0$，从而有
$$x>\ln(1+x) \quad (x>0 \text{ 时})，$$

设 $g(x)=\ln(1+x)-\left(x-\dfrac{1}{2}x^2\right)$，则有
$$g'(x)=\frac{1}{1+x}-1+x=\frac{x^2}{1+x}，$$

因为当 $x>0$ 时，$\dfrac{x^2}{1+x}>0$，即 $g'(x)>0$ 单调增加，

又因 $g(0)=0$，所以当 $x>0$ 时，$g(x)>0$，从而有
$$\ln(1+x)>x-\frac{x^2}{2} \quad (x>0 \text{ 时})。$$

综上所述，当 $x>0$ 时，下列不等式成立：
$$x-\frac{1}{2}x^2<\ln(1+x)<x。$$

【例 10】 求下列函数在所给区间上的极值：

(1) $f(x)=2-x-\dfrac{4}{(x+2)^2}$，$(-\infty,+\infty)$；

(2) $f(x)=(x-1)\sqrt[3]{x^2}$，$(-\infty,+\infty)$。

解 求函数 $f(x)$ 的极值步骤为：

第一，求 $f'(x)$；第二，求 $f(x)$ 的所有可能极值点，即 $f'(x)=0$ 的点（称驻点）以及 $f'(x)$ 不存在的点；第三，考虑 $f'(x)$ 在每一可能极值点两侧的符号，定出极大值、极小值的点。

(1) $f(x)=2-x-\dfrac{4}{(x+2)^2}$，$(-\infty,+\infty)$，

$f'(x)=-1+\dfrac{8}{(x+2)^3}$，令 $f'(x)=0$，得 $x_1=0$，$x_2=-2$，把区间分成小区间（如表 4-4 所示）。

表 4-4

x	$(-\infty,-2)$	-2	$(-2,0)$	0	$(0,+\infty)$
$f'(x)$	$-$	不存在	$+$	0	$-$
$f(x)$	↘	无意义	↗	1 极大值	↘

(2) $f(x)=(x-1)\sqrt[3]{x^2}$，$(-\infty,+\infty)$，

$f'(x)=\sqrt[3]{x^2}+\dfrac{2}{3}(x-1)x^{-\frac{1}{3}}=\dfrac{5x-2}{3\sqrt[3]{x}}$，

$f'(x)$ 不存在点为 $x_1=0$，令 $f'(x)=0$，得 $x_2=\dfrac{2}{5}$，把区间分成小区间（如表 4-5 所示）。

表 4-5

x	$(-\infty,0)$	0	$\left(0,\dfrac{2}{5}\right)$	$\dfrac{2}{5}$	$\left(\dfrac{2}{5},+\infty\right)$
$f'(x)$	$+$	不存在	$-$	0	$+$
$f(x)$	↗	0 极大值	↘	$-\dfrac{3}{5}\sqrt[3]{\dfrac{4}{25}}$ 极小值	↗

【例 11】 求函数在所给区间上最大值、最小值：

(1) $f(x)=2x^3-3x^2$，$[-1,4]$；

(2) $f(x)=\dfrac{x-1}{x+1}$，$[0,4]$。

解 在闭区间 $[a,b]$ 上连续函数 $f(x)$ 一定可取到最大值 M 和最小值 m。求最值步骤：（一）找出 (a,b) 内的可能极值点；（二）比较 $f(x)$ 在 a 点，b 点及其可能极值点上函数值，其中最大者、最小者就是 $f(x)$ 在 $[a,b]$ 上的最大值 M、最小值 m。

$$M=\max\{f(a), f(x_1), f(x_2), \cdots, f(x_n), f(b)\}$$
$$m=\min\{f(a), f(x_1), f(x_2), \cdots, f(x_n), f(b)\}$$

(1) $f(x)=2x^3-3x^2$, $[-1, 4]$,

$f'(x)=6x(x-1)$，令 $f'(x)=0$，得 $x_1=0$，$x_2=1$。

$M=\max\{f(-1), f(0), f(1), f(4)\}=\max\{-5, 0, -1, 80\}=80$，

$m=\min\limits_{-1\leqslant x\leqslant 4}\{f(-1),f(0),f(1),f(4)\}=-5$。

(2) $f(x)=\dfrac{x-1}{x+1}$, $[0,4]$,

$f'(x)=\dfrac{2}{(x+1)^2}>0$，又因为在 $(0,4)$ 内，$f(x)$ 处处可导，所以 $f(x)$ 在 $[0,4]$ 上单调上升。$M=f(4)=\dfrac{3}{5}$，$m=f(0)=-1$。

【例 12】 讨论函数在所给区间的凸性，并求其拐点：

(1) $f(x)=x^3-3x^2-9x+9$, $(-\infty,+\infty)$; (2) $f(x)=xe^{-x}$, $(-\infty,+\infty)$。

解 函数凸性可由函数的二阶导数的符号来判别：若在 (a,b) 内，$f''(x)>0$（或 <0），则曲线 $y=f(x)$ 在 (a,b) 内是下凸的（或上凸的）。

(1) $f'(x)=3x^2-6x-9$，$f''(x)=6(x-1)$，

令 $f''(x)=0$，得 $x_0=1$，把区间分成三个区间（如表 4-6 所示）。

表 4-6

x	$(-\infty,1)$	1	$(1,+\infty)$
$f''(x)$	$-$	0	$+$
$f(x)$	$\frown$	$(1,-2)$拐点	$\smile$

(2) $f'(x)=(1-x)e^{-x}$，$f''(x)=(x-2)e^{-x}$，

令 $f''(x)=0$，得 $x_0=2$，把区间分成三个区间（如表 4-7 所示）。

表 4-7

x	$(-\infty,2)$	2	$(2,+\infty)$
$f''(x)$	$-$	0	$+$
$f(x)$	$\frown$	$\left(2,\dfrac{2}{e^2}\right)$拐点	$\smile$

【例 13】 将一条长为 l 的铁丝分成两段，分别做成圆形和正方形。若将它们的面积分别记作 S_1 和 S_2，试证明：当 S_1+S_2 最小时，$\dfrac{S_1}{S_2}=\dfrac{\pi}{4}$。

证 设圆形那段铁丝长为 x，正方形那段长为 $l-x$，总面积

$$S_1+S_2=f(x)。$$

$$f(x)=\dfrac{x^2}{4\pi}+\dfrac{(l-x)^2}{16}，\ x\in(0,l)，$$

由于 $f'(x) = \dfrac{x}{2\pi} - \dfrac{l-x}{8}$，令 $f'(x) = 0$，得 $x = \dfrac{\pi}{4+\pi}l$ 唯一极小，即最小，

当 $x = \dfrac{\pi}{4+\pi}l$ 时，$f(x) = S_1 + S_2$ 取得最小值，

$$S_1 = \frac{\pi}{4(4+\pi)^2}l^2, \quad S_2 = \frac{1}{(4+\pi)^2}l^2,$$

从而 $$\frac{S_1}{S_2} = \frac{\pi}{4}。$$

【例 14】 企业某种产品的需求函数为 $Q = 50 - 0.2P$，总成本函数为

$$C_T = Q^3 - \frac{25}{2}Q^2 + 100Q + 500。$$

试问　(1) 当 Q 为多少时，可使利润最大，并求出最大利润；

(2) 利润最大时的产品销售价格。

解　(1) 总收益函数为

$$R_T = P \cdot Q = 250Q - 5Q^2,$$

总利润函数

$$L_T = R_T - C_T = 250Q - 5Q^2 - Q^3 + \frac{25}{2}Q^2 - 100Q - 500,$$

即 $$L_T = -Q^3 + \frac{15}{2}Q^2 + 150Q - 500,$$

$$\frac{dL_T}{dQ} = -3Q^2 + 15Q + 150, \text{ 令 } \frac{dL_T}{dQ} = 0, \text{ 得 } Q = 10,$$

最大利润 $$L_{Tmax} = 750。$$

(2) 由 $Q = 50 - 0.2P$，得 $P = 250 - 5Q$，当 $Q = 10$ 时，

最大利润时价格 $$P = 200。$$

【例 15】 已知汽车行驶时每小时的耗油费 y（元）与行驶速度 $x(\mathrm{km/h})$ 的关系为 $y = \dfrac{1}{2500}x^3$，若汽车行驶时除耗油费用外的其他费用为每小时 100 元，求最经济的行驶速度。

解　设一共行驶了 L 公里，则汽车的行驶时间为 $\dfrac{L}{x}$ 小时，则总费用

$$R(x) = \left(\frac{1}{2500}x^3 + 100\right)\frac{L}{x} = L\left(\frac{1}{2500}x^2 + \frac{100}{x}\right),$$

$$R'(x) = \frac{Lx}{1250} - \frac{100L}{x^2}, \text{ 令 } R'(x) = 0, \text{ 得 } x_0 = 50\mathrm{km/h}。$$

因为 $$R''(x) = \frac{L}{1250} + \frac{200L}{x^3}, \quad R''(x_0) = L\left(\frac{1}{1250} + \frac{200}{x_0^3}\right) > 0,$$

所以当速度 $x=50\text{km/h}$ 时，总耗费最省。

Ⅳ 练习题

1. 选择题

(1) 在区间 $[-1,+1]$ 上，下列函数中不满足罗尔定理的是_____。

A. $y=e^{x^2-1}$ B. $y=\ln(1+x^2)$ C. $y=\sqrt{x}$ D. $y=\dfrac{1}{1+x^2}$

(2) 函数 $y=x^3+2x$ 在区间 $[0,1]$ 上满足拉格朗日定理的条件，则定理结论中的 $\xi=$_____。

A. $\pm\dfrac{1}{\sqrt{3}}$ B. $\dfrac{1}{\sqrt{3}}$ C. $-\dfrac{1}{\sqrt{3}}$ D. $\sqrt{3}$

(3) 函数 $y=x^3-3x$ 的单调减少的区间是_____。

A. $(-\infty,+\infty)$ B. $(-\infty,-1)$

C. $(1,+\infty)$ D. $(-1,1)$

(4) 函数 $y=\dfrac{4}{x^2+2x-3}$ 的垂直渐近线方程为_____。

A. $x=-3$ B. $x=1$ C. $x=-3$ 和 $x=1$ D. 不存在

(5) $f'(x)<0$，$x\in(a,b)$ 是函数 $f(x)$ 在 (a,b) 内单调减少的_____。

A. 充分条件   B. 必要条件   C. 充分必要条件   D. 无关条件

(6) 函数 $y=|x-1|+2$ 的极小值点是_____。

A. 0   B. 1   C. 2   D. 3

(7) 设 $f(x)$ 在 $[a,b]$ $(a<b)$ 上连续且单调减少，则 $f(x)$ 在 $[a,b]$ 上的最大值是_____。

A. $f(a)$ B. $f(b)$ C. $f\left(\dfrac{a+b}{2}\right)$ D. $f\left(\dfrac{b+2a}{3}\right)$

(8) 曲线 $y=x^2+1$ 在区间 $(0,+\infty)$ 是_____。

A. 单调递增下凸的   B. 单调递增上凸的

C. 单调递减下凸的   D. 单调递减上凸的

2. 填空题

(1) 设 $f(x)=x\sqrt{3-x}$ 在 $[0,3]$ 上连续，在 $(0,3)$ 内可导，则满足罗尔定理的 $\xi=$_____。

(2) $\lim\limits_{x\to0}\dfrac{x\ln(x+1)}{1-\cos x}=$_____。

(3) $\lim\limits_{h\to0}\dfrac{f(a+h)+f(a-h)-2f(a)}{h^2}=$_____。（设 $f''(x)$ 在 $x=a$ 点邻近连续）

(4) 设 $f(x) = \begin{cases} \dfrac{(1+x)^\pi - 1}{x}, & x \neq 0 \\ a, & x = 0 \end{cases}$ 是连续函数，则 $a = \underline{\hspace{2cm}}$。

(5) 函数 $y = \dfrac{1}{3}x^3 - \ln x$ 的单调递增区间是 $\underline{\hspace{2cm}}$。

(6) 设 $(1, f(1))$ 是曲线 $y = ax^2 + x + 1$ 的驻点，则 $a = \underline{\hspace{2cm}}$。

(7) 函数 $f(x) = \sin x + \cos x$ 在 $[0, \pi]$ 上的极大值为 $\underline{\hspace{2cm}}$。

(8) 函数 $y = x^4 - 4x + 2$ 的拐点是 $\underline{\hspace{2cm}}$。

(9) 函数 $y = \dfrac{3x-1}{(x-2)^2}$ 的竖直渐近线为 $\underline{\hspace{2cm}}$。

(10) $\lim\limits_{x \to +\infty} x\left(\arctan x - \dfrac{\pi}{2}\right) = \underline{\hspace{2cm}}$。

(11) 函数 $f(x) = 2x(x-6)^2$ 在区间 $[-2, 4]$ 上的最大值为 $\underline{\hspace{2cm}}$。

(12) 已知 $\lim\limits_{x \to \infty}\left(x\sin\dfrac{k}{x} - \dfrac{2x+1}{x-1}\right) = 1$，则 $k = \underline{\hspace{2cm}}$。

3. 计算题

(1) 用洛必达法则求下列极限：

① $\lim\limits_{x \to 0} \dfrac{e^x - e^{-x}}{\sin x}$；

② $\lim\limits_{x \to \frac{\pi}{2}} \dfrac{\cot 2x}{\ln x}$；

③ $\lim\limits_{x \to 0^+} \dfrac{\ln\sin 3x}{\ln\sin 2x}$；

④ $\lim\limits_{x \to 0} x\cot 2x$；

⑤ $\lim\limits_{x \to 0} \dfrac{\sin x - x\cos x}{2\sin 3x}$；

⑥ $\lim\limits_{x \to 0^+}\left(\dfrac{1}{x}\right)^{\tan x}$；

⑦ $\lim\limits_{x \to 1}\left(\dfrac{2}{x^2-1} - \dfrac{1}{x-1}\right)$；

⑧ $\lim\limits_{x \to \infty}\left(\cos\dfrac{m}{x}\right)^x$；

⑨ $\lim\limits_{x \to 0^+} \dfrac{\ln(1+2x)}{\tan^2 x}$；

⑩ $\lim\limits_{x \to 1}\left(\dfrac{x}{x-1} - \dfrac{1}{\ln x}\right)$。

(2) 确定下列函数的单调区间：

① $y = \dfrac{2x}{1+x^2}$；   ② $y = 2x + \dfrac{8}{x}$；   ③ $y = x - e^x$。

(3) 证明下列不等式：

① $\dfrac{2}{\pi}x < \sin x < x$，$0 < x < \dfrac{\pi}{2}$；

② $e^x > 1 + x$，$x > 0$；

③ 当 $x_2 > x_1 > 1$ 时，$\dfrac{\ln x_1}{\ln x_2} < \dfrac{x_2}{x_1}$。

(4) 求下列函数的极值：

① $f(x) = e^x\cos x$；   ② $f(x) = x^3 - x$；

③ $f(x)=x+\tan x$；　　　　　　④ $f(x)=x+\dfrac{1}{x}$。

(5) 求下列函数的上凸、下凸区域及拐点：

① $f(x)=\sqrt{1+x^2}$；　　　　　　② $f(x)=x\mathrm{e}^x$；

③ $f(x)=3x^2-x^3$；

(6) 求下列曲线的渐近线：

① $f(x)=\dfrac{x}{1+x^2}$；　　　　　　② $f(x)=x+\dfrac{1}{x}$。

4. 应用题

(1) 建造一个容积为 $V=300\mathrm{m}^3$ 有盖圆筒，如何确定底面半径和筒高 h，才能使得所用材料最省？

(2) 围成一个面积等于 $S=150\mathrm{m}^2$ 矩形场地，四面墙的高度相等，其中一面墙的造价为每米 6 元，其他三面墙的造价为每米 3 元，问场地的长和宽各等于多少时，总造价最低？

(3) 设 D 是由曲线 $y=x^2$，直线 $x=9$ 以及 x 轴围成的区域。在 D 作一个邻边分别平行于两坐标轴的矩形，使得矩形的面积最大。

(4) 某工厂生产某种产品 x 吨所需要的成本为 $C(x)=5x+200$（万元），将每吨产品投放市场后所得的总收入为 $R(x)=10x-0.01x^2$（万元），设利润为 $L(x)=R(x)-C(x)$，问该产品生产多少吨时获得利润最大？

(5) 设某商品每斤成本为 c 元，需求函数为 $\dfrac{a}{x-c}+b(100-x)$（即当每斤定价为 x 元时能够售出的斤数）。其中 a、b 为正常数，问 x 等于何值时可以获得最大利润？

(6) 某商行以 5% 的年利率借到贷款，然后以利率 x% 贷给顾客，假定商行能够贷出的款额与它的年利率 x 的平方成反比（利率越高，借贷的顾客越少），问 x 多大时能够使商行获得最大利润？

(7) 港口甲到港口乙距离等于 1000km，货船从港口甲出发，沿江以匀速 v 逆流而上驶往港口乙。假定货船在单位时间内的燃料消耗 A 与 $v^{\frac{3}{2}}$（km/h）成正比，比例常数为 1，已知江水流速为 20km/h，问货船速度为何值时，航程中消耗燃料最小？

Ⅴ　参考答案

1. 选择题

(1) C；(2) B；(3) D；(4) C；(5) A；(6) B；(7) A；(8) A。

2. 填空题

(1) $\dfrac{3}{2}$；　(2) 2；　(3) $f''(a)$；　(4) π；　(5) $x>1$ 或 $x<0$；　(6) $-\dfrac{1}{2}$；

(7) $\sqrt{2}$；(8) $(0,2)$；(9) 2；(10) -1；(11) 64；(12) $k=3$。

3. 计算题

(1) ①2；②$-\dfrac{1}{2}$；③1；④$\dfrac{1}{2}$；⑤0；⑥1；⑦$-\dfrac{1}{2}$；⑧1；⑨∞；⑩$\dfrac{1}{2}$。

(2) ① $(-\infty,-1)$ ↘，$(-1,1)$ ↗，$(1,+\infty)$ ↘；

② $(0,2)$ 与 $(-2,0)$ ↘，$(-\infty,-2)$ 与 $(2,+\infty)$ ↗；

③ $(-\infty,0)$ ↗，$(0,+\infty)$ ↘。

(3) 略

(4) ① $f\left(\dfrac{\pi}{4}+2k\pi\right)=\dfrac{\sqrt{2}}{2}\mathrm{e}^{\frac{\pi}{4}+2k\pi}$极大值，$(k=0,\pm1,\pm2,\cdots)$

$f\left(\dfrac{\pi}{4}+(2k+1)\pi\right)=\dfrac{\sqrt{2}}{2}\mathrm{e}^{\frac{\pi}{4}+(2k+1)\pi}$极小值；

② $f(1)=0$ 极小值，$f(-1)=0$ 极大值；

③ 无极值；

④ $f(-1)=-2$ 极大值，$f(1)=2$ 极小值。

(5) ① $(-\infty,+\infty)$ 内下凸，无拐点；

② $(-\infty,-2)$ 内上凸，$(-2,+\infty)$ 内下凸，拐点$\left(-2,-\dfrac{2}{\mathrm{e}^2}\right)$；

③ $(-\infty,1)$ 内下凸，$(1,+\infty)$ 内上凸，拐点 $(1,2)$。

(6) ① $y=0$；　　　②$x=0$。

4. 应用题

(1) 高 $h=\dfrac{300}{\pi r^2}$，表面积 $S=2\pi r^2+\dfrac{600}{r}$，$r=\sqrt[3]{\dfrac{500}{\pi}}$，$h=2r$ 时用料最省。

(2) 长 $x=\sqrt{50}\mathrm{m}$，$y=3\sqrt{50}\mathrm{m}$。

(3) $S(3)=6\sqrt{3}$。

(4) $x=250$ 吨。

(5) $L(x)=(x-c)\left[\dfrac{a}{x-c}+b(100-x)\right]$，当 $x_0=50+\dfrac{c}{2}$为最大值。

(6) $L(x)=(x-0.05)\dfrac{k}{x^2}$，$x=0.10=10\%$获得最大利润。

(7) 能量总消耗量 $A=\dfrac{1000}{v-20}v^{\frac{3}{2}}$，当 $v=60\mathrm{km/h}$ 消耗燃料最小。

第五章　一元函数积分学

Ⅰ　基本要求

(1) 理解原函数与不定积分的概念，熟悉不定积分的性质，熟记积分公式。

(2) 会运用换元法和分部积分法求解不定积分。

(3) 理解定积分的概念、基本性质、定积分中值定理。

(4) 理解微积分基本定理，理解定积分与不定积分的关系。

(5) 会运用定积分的换元法和分部积分法计算定积分。

(6) 会运用定积分求平面曲线围成的圆形的面积和简单立体的体积。

(7) 会运用积分学讨论某些经济学问题。

Ⅱ　重点内容

1. 原函数

(1) 定义　设 $f(x)$ 是定义在区间 I 上的一个函数，如果存在函数 $F(x)$，它在 I 上连续，在 I 内部可导，使得

$$F'(x) = f(x) \ \text{或} \ \mathrm{d}F(x) = f(x)\mathrm{d}x,$$

则称 $F(x)$ 为 $f(x)$ 在 I 上的一个原函数。

(2) 如果函数 $f(x)$ 在某区间 I 上连续，则 $f(x)$ 在 I 上必有原函数，即连续函数必有原函数。

(3) 若函数 $f(x)$ 在某区间上有原函数，则有无穷多个原函数。

2. 不定积分的定义

如果 $F(x)$ 是 $f(x)$ 的一个原函数，则

$$\int f(x)\mathrm{d}x = F(x) + C \quad (C \ \text{是任意常数})。$$

式中，$\int$ 为积分号；$f(x)$ 为被积函数；x 为积分变量；$f(x)\mathrm{d}x$ 为被积表达式；C 为积分常数。

3. 不定积分的基本性质

(1) $\left[\int f(x)\mathrm{d}x\right]' = f(x) \ \text{或} \ \mathrm{d}\left[\int f(x)\mathrm{d}x\right] = f(x)$；

(2) $\int F'(x)\mathrm{d}x = F(x) + C \ \text{或} \ \int \mathrm{d}F(x) = F(x) + C$；

(3) $\int[f(x) \pm g(x)]\mathrm{d}x = \int f(x)\mathrm{d}x \pm \int g(x)\mathrm{d}x$ ；

(4) $\int kf(x)\mathrm{d}x = k\int f(x)\mathrm{d}x \quad (k \neq 0$，是常数$)$。

4. 定积分的定义

设函数 $f(x)$ 在区间 $[a,b]$ 上有定义，将 $[a,b]$ 任意分成 n 个小区间，
分点为 $\qquad a=x_0<x_1<x_2<\cdots<x_{k-1}<x_k<\cdots<x_{n-1}<x_n=b$，
将小区间

$$[x_0,x_1],[x_1,x_2],\cdots,[x_{k-1},x_k],\cdots,[x_{n-1},x_n]$$

的长度依次记为

$$\Delta x_1=x_1-x_0,\cdots,\Delta x_k=x_k-x_{k-1},\cdots,\Delta x_n=x_n-x_{n-1}。$$

记 $\lambda\equiv\max\{\Delta x_1,\Delta x_2,\cdots,\Delta x_n\}$，在每个小区间 $[x_{k-1},x_k]$ 中任取一点 ξ_k
($x_{k-1}\leqslant\xi_k\leqslant x_k$)，作乘积 $f(\xi_k)\Delta x_k$，且求和

$$S_n = \sum_{k=1}^{n} f(\xi_k)\Delta x_k。$$

只要 $\lambda\to 0$，S_n 总趋近于一个定值，即 $\lim\limits_{\lambda\to 0}S_n$ 存在且等于 A，极限值 A 称为
$f(x)$ 在 $[a,b]$ 上的定积分。记作

$$\int_a^b f(x)\mathrm{d}x = \lim_{\lambda\to 0}\sum_{k=1}^{n} f(\xi_k)\Delta x_k。$$

5. 定积分的基本定理

定理1　若 $f(x)$ 是 $[a,b]$ 上连续函数，则它在 $[a,b]$ 上可积。

定理2　若 $f(x)$ 在区间 $[a,b]$ 上可积的必要条件是 $f(x)$ 在 $[a,b]$ 上
有界。

定理3　若 $f(x)$ 在 $[a,b]$ 上有界，且在 $[a,b]$ 上除有限个间断点外连
续，则 $f(x)$ 在 $[a,b]$ 上可积。

6. 定积分的几何意义

$\int_a^b f(x)\mathrm{d}x$ 表示介于 x 轴，曲线 $y=f(x)$ 及直线 $x=a$，$x=b$ 之间各部分面
积的代数和。

7. 微积分基本定理

定理1　假设 $f(t)$ 在 $[a,b]$ 上连续，则变上限积分

$$\Phi(x) = \int_a^x f(t)\mathrm{d}t$$

在 $[a,b]$ 上可导，且其导数

$$\Phi'(x) = \frac{\mathrm{d}}{\mathrm{d}x}\int_a^x f(t)\mathrm{d}t = f(x) \quad (\forall x \in [a,b])。$$

定理2　假设 $f(x)$ 是 $[a,b]$ 上的连续函数 $F(x)$ 是 $f(x)$ 的一个原函数，

则
$$\int_a^b f(x)\mathrm{d}x = F(b) - F(a) = F(x)\Big|_a^b$$

称牛顿-莱布尼兹公式。

8. 无穷限反常积分

设 $f(x)$ 是无穷区间 $[a, +\infty]$ 上的连续函数，记
$$\int_a^{+\infty} f(x)\mathrm{d}x = \lim_{b \to +\infty} \int_a^b f(x)\mathrm{d}x \quad 存在，$$

则称 $\int_a^{+\infty} f(x)\mathrm{d}x$ 收敛。

9. 积分在经济上的应用

由边际函数求总函数。

假设总成本函数为 $C=C(q)$，总收益函数为 $R=R(q)$，q 为产品数量。

则 边际成本函数 $MC=\dfrac{\mathrm{d}C}{\mathrm{d}q}$，边际收益函数 $MR=\dfrac{\mathrm{d}R}{\mathrm{d}q}$。

如果已知 $MC=f(q)$，$MR=g(q)$ 则
$$C(q) = \int_0^q f(x)\mathrm{d}x + C_0, \quad R(q) = \int_0^q g(x)\mathrm{d}x。$$

所以总利润函数为
$$L(q) = R(q) - C(q) = \int_0^q [g(x) - f(x)]\mathrm{d}x - C_0。$$

Ⅲ 典型例题解析

【例 1】 设 $f(x)$ 的一个原函数是 $\cos x$，求 $\int f'(x)\mathrm{d}x$。

解 $\int f'(x)\mathrm{d}x = \int \mathrm{d}f(x) = f(x) + C$，而 $f(x) = (\cos x)' = -\sin x$ 代入
$$\int f'(x)\mathrm{d}x = f(x) + C = -\sin x + C。$$

【例 2】 已知曲线 $y=f(x)$ 上任一点 $(x, f(x))$ 处的切线斜率为 $2x$，且曲线通过点 $(2,5)$，求此曲线方程。

解
$$\frac{\mathrm{d}y}{\mathrm{d}x} = f'(x) = 2x, \quad \int \mathrm{d}y = \int 2x\mathrm{d}x,$$
$$y = x^2 + C, \quad 当曲线过(2,5)点，$$
$$5 = 4 + C, \quad C = 1,$$

即 $y = x^2 + 1$ 为所求的曲线方程。

【例 3】 求下列不定积分：

(1) $\int \cos 2x\mathrm{d}x$；　　　　(2) $\int \mathrm{e}^{\alpha x}\mathrm{d}x (\alpha \neq 0)$；　　　　(3) $\int \dfrac{\mathrm{d}x}{\sqrt[3]{1+2x}}$；

(4) $\int \dfrac{dx}{9+4x^2}$;　　　　(5) $\int x\sqrt[3]{1+x^2}\,dx$;　　　　(6) $\int \cos x\,e^{\sin x}\,dx$ 。

解　(1) $\int \cos 2x\,dx = \dfrac{1}{2}\int \cos 2x\,d2x = \dfrac{1}{2}\sin 2x + C$ 。

(2) $\int e^{\alpha x}\,dx = \dfrac{1}{\alpha}\int e^{\alpha x}\,d\alpha x = \dfrac{1}{\alpha}e^{\alpha x} + C$ 。

(3) $\int \dfrac{dx}{\sqrt[3]{1+2x}} = \dfrac{1}{2}\int \dfrac{d(1+2x)}{\sqrt[3]{1+2x}} = \dfrac{3}{4}(1+2x)^{\frac{2}{3}} + C$ 。

(4) $\int \dfrac{dx}{9+4x^2} = \dfrac{1}{9}\int \dfrac{dx}{1+\left(\frac{2}{3}x\right)^2} = \dfrac{1}{9}\cdot\dfrac{3}{2}\int \dfrac{d\left(\frac{2}{3}x\right)}{1+\left(\frac{2}{3}x\right)^2} = \dfrac{1}{6}\arctan \dfrac{2}{3}x + C$ 。

(5) $\int x\sqrt[3]{1+x^2}\,dx = \dfrac{1}{2}\int \sqrt[3]{1+x^2}\,d(1+x^2) = \dfrac{3}{8}(1+x^2)^{\frac{4}{3}} + C$ 。

(6) $\int \cos x\,e^{\sin x}\,dx = \int e^{\sin x}\,d\sin x = e^{\sin x} + C$ 。

【**例 4**】　求下列不定积分：

(1) $\int \dfrac{dx}{1+\sqrt{x}}$;　　　　(2) $\int \dfrac{dx}{x\sqrt{x^2-1}}$;　　　　(3) $\int \dfrac{dx}{\sqrt{5+x^2}}$;

(4) $\int \dfrac{dx}{\sqrt{x^2-4x+5}}$;　　(5) $\int \sqrt{4-x^2}\,dx$;　　(6) $\int x^2\sqrt{4-x^2}\,dx$ 。

解　(1) 令 $t=\sqrt{x}$，$dx=2t\,dt$，

$$\int \dfrac{dx}{1+\sqrt{x}} = 2\int \dfrac{t\,dt}{1+t} = 2\int \dfrac{1+t-1}{1+t}\,dt = 2\int \left(1-\dfrac{1}{1+t}\right)dt$$

$$= 2(t-\ln|1+t|) + C = 2(\sqrt{x}-\ln|1+\sqrt{x}|) + C 。$$

(2) 令 $x=\sec t$，$dx=\tan t\,\sec t\,dt$，

$$\int \dfrac{dx}{x\sqrt{x^2-1}} = \int \dfrac{\tan t\cdot\sec t}{\sec t\cdot\tan t}\,dt = \int dt = t + C = \arctan\sqrt{x^2-1} + C 。$$

(3) 令 $x=\sqrt{5}\tan t$，$dx=\sqrt{5}\sec^2 t\,dt$，

$$\int \dfrac{dx}{\sqrt{5+x^2}} = \int \dfrac{\sqrt{5}\sec^2 t}{\sqrt{5}\sec t}\,dt = \int \sec t\,dt = \int \dfrac{\cos t}{\cos^2 t}\,dt$$

$$= \int \dfrac{d\sin t}{1-\sin^2 t} = \dfrac{1}{2}\ln\left|\dfrac{1+\sin t}{1-\sin t}\right| + C = \ln|x+\sqrt{5+x^2}| + C 。$$

(4) $\int \dfrac{dx}{\sqrt{x^2-4x+5}} = \int \dfrac{dx}{\sqrt{(x-2)^2+1}} = \int \dfrac{d(x-2)}{\sqrt{(x-2)^2+1}}$,

由于 $\int \dfrac{dx}{\sqrt{a^2+x^2}} = \ln|x+\sqrt{a^2+x^2}| + C$,

所以 $\int \dfrac{dx}{\sqrt{x^2-4x+5}} = \ln|(x-2)+\sqrt{(x-2)^2+1}| + C$ 。

(5) 令 $x=2\cos t$, $\mathrm{d}x=-2\sin t\mathrm{d}t$,

$$\int\sqrt{4-x^2}\mathrm{d}x=-\int\sqrt{4-4\cos^2 t}\times 2\sin t\mathrm{d}t=-4\int\sin^2 t\mathrm{d}t$$

$$=-4\int\frac{1-\cos2t}{2}\mathrm{d}t=-2\int(1-\cos2t)\mathrm{d}t=\sin2t-2t+C_\circ$$

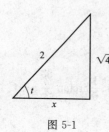

如图 5-1 所示可得 $\sin2t=2\sin t\cos t=\frac{1}{2}x\sqrt{4-x^2}$,

又因为 $t=\arccos\dfrac{x}{2}$,

所以 $\int\sqrt{4-x^2}\mathrm{d}x=\sin2t-2t+C$

图 5-1

$$=\frac{1}{2}x\sqrt{4-x^2}-2\arccos\frac{x}{2}+C_\circ$$

(6) 令 $x=2\sin t$, $\mathrm{d}x=2\cos t\mathrm{d}t$,

$$原式=\int 8\sin^3 t\times 2\cos t\times 2\cos t\mathrm{d}t=32\int\cos^2 t\sin^3 t\mathrm{d}t$$

$$=32\int\cos^2 t\sin^2 t\mathrm{d}(-\cos t)=-32\int(\cos^2 t(1-\cos^2 t)\mathrm{d}\cos t$$

$$=\frac{32}{5}\cos^5 t-\frac{32}{3}\cos^3 t+C=\frac{1}{5}(4-x^2)^{\frac{5}{2}}-\frac{4}{3}(4-x^2)^{\frac{3}{2}}+C_\circ$$

【例 5】 设 $\int f(x)\mathrm{d}x=x^2+C$,求下列不定积分:

(1) $\int xf(1-x^2)\mathrm{d}x$;　　　　　　(2) $\int\cos xf(\sin x)\mathrm{d}x$。

解 (1) $\int xf(1-x^2)\mathrm{d}x=-\frac{1}{2}\int f(1-x^2)\mathrm{d}(1-x^2)=-\frac{1}{2}(1-x^2)^2+C$。

(2) $\int\cos xf(\sin x)\mathrm{d}x=\int f(\sin x)\mathrm{d}\sin x=\sin^2 x+C$。

【例 6】 求下列不定积分:

(1) $\int\sec^3 x\mathrm{d}x$;　　　　　(2) $\int\sin\sqrt{x}\mathrm{d}x$;　　　　　(3) $\int\dfrac{x\mathrm{e}^x}{\sqrt{\mathrm{e}^x-1}}\mathrm{d}x$。

解 本题的不定积分都可以用分部积分法来求解。

(1) $\int\sec^3 x\mathrm{d}x=\int\sec x\sec^2 x\mathrm{d}x=\int\sec x\mathrm{d}\tan x=\sec x\tan x-\int\tan x\mathrm{d}\sec x$

$$=\sec x\tan x-\int\tan^2 x\sec x\mathrm{d}x=\sec x\tan x-\int(\sec^2 x-1)\sec x\mathrm{d}x$$

$$=\sec x\tan x-\int\sec^3 x\mathrm{d}x+\int\sec x\mathrm{d}x,$$

于是 $2\int\sec^3 x\mathrm{d}x=\sec x\tan x+\ln|\sec x+\tan x|+C$,

$$\int\sec^3 x\mathrm{d}x=\frac{1}{2}(\sec x\tan x+\ln|\sec x+\tan x|)+C_\circ$$

(2) 令 $t=\sqrt{x}$，$\mathrm{d}x=2t\mathrm{d}t$，

$$\int \sin\sqrt{x}\mathrm{d}x = \int 2t\sin t\mathrm{d}t = -2\int t\mathrm{d}(\cos t) = -2(t\cos t - \int \cot t\mathrm{d}t)$$

$$= -2(t\cos t - \sin t) + C = -2(\sqrt{x}\cos\sqrt{x} - \sin\sqrt{x}) + C。$$

(3) $\int \dfrac{x\mathrm{e}^x}{\sqrt{\mathrm{e}^x-1}}\mathrm{d}x = 2\int x\mathrm{d}\sqrt{\mathrm{e}^x-1} = 2(x\sqrt{\mathrm{e}^x-1} - \int \sqrt{\mathrm{e}^x-1}\mathrm{d}x)$，

对 $\int \sqrt{\mathrm{e}^x-1}\mathrm{d}x$，令 $\sqrt{\mathrm{e}^x-1}=t$，$x=\ln(1+t^2)$，

$\mathrm{d}x=\dfrac{2t\mathrm{d}t}{1+t^2}$，所以

$$\int \sqrt{\mathrm{e}^x-1}\mathrm{d}x = 2\int \frac{t^2}{1+t^2}\mathrm{d}t = 2\int \left[1-\frac{1}{1+t^2}\right]\mathrm{d}t = 2(t-\arctan t) + C$$

$$= 2(\sqrt{\mathrm{e}^x-1} - \arctan\sqrt{\mathrm{e}^x-1}) + C,$$

故 $\int \dfrac{x\mathrm{e}^x}{\sqrt{\mathrm{e}^x-1}}\mathrm{d}x = 2[x\sqrt{\mathrm{e}^x-1} - 2(\sqrt{\mathrm{e}^x-1} - \arctan\sqrt{\mathrm{e}^x-1})] + C。$

【例 7】 求下列函数的导数：

(1) $G(x) = \displaystyle\int_0^x \frac{t}{\sqrt{1-t^2}}\mathrm{d}t$，求 $G'(x)$；

(2) $G(x) = \displaystyle\int_0^{x^3} t^2\mathrm{e}^t\mathrm{d}t$，求 $G'(x)$；

(3) $G(x) = \displaystyle\int_{1-x}^{1+x^2} t\sin t\mathrm{d}t$，求 $G'(x)$。

解 (1) $G'(x) = \left[\displaystyle\int_0^x \frac{t}{\sqrt{1-t^2}}\mathrm{d}t\right]' = \dfrac{x}{\sqrt{1-x^2}}$。

(2) $G'(x) = \dfrac{\mathrm{d}F(u)}{\mathrm{d}u}\dfrac{\mathrm{d}u}{\mathrm{d}x} \xrightarrow{u=x^3} \dfrac{\mathrm{d}\int_0^u t^2\mathrm{e}^t\mathrm{d}t}{\mathrm{d}u}\dfrac{\mathrm{d}x^3}{\mathrm{d}x} = 3x^8\mathrm{e}^{x^3}$。

(3) $G(x) = \displaystyle\int_0^{1+x^2} t\sin t\mathrm{d}t - \int_0^{1-x} t\sin t\mathrm{d}t$，

$G'(x) = 2x(1+x^2)\sin(1+x^2) + (1-x)\sin(1-x)。$

【例 8】 求函数 $\displaystyle\int_0^x t(t^2-3)\mathrm{d}t$ 的极值点。

解 记 $G(x) = \displaystyle\int_0^x t(t^2-3)\mathrm{d}t$，$D(f):(-\infty, +\infty)$，

$$G'(x) = x(x^2-3),$$

令 $G'(x)=0$，得到 $G(x)$ 的可能极值点为：$x_1=-\sqrt{3}$，$x_2=0$，$x_3=\sqrt{3}$。

而
$$G''(x) = (x^2-3) + 2x^2 = 3(x^2-1),$$

因为 $G''(-\sqrt{3})=6>0$，故 $x_1=-\sqrt{3}$ 为极小值点，

$G''(0) = -3 < 0$，故 $x_2 = 0$ 为极大值点，

$G''(\sqrt{3}) = 6 > 0$，故 $x = \sqrt{3}$ 为极大值点。

【例 9】 设 $f(x) = \begin{cases} x^2, & x \leqslant 1 \\ x-1, & x > 1 \end{cases}$ 时，求 $\int_0^2 f(x)\mathrm{d}x$。

解

$$\int_0^2 f(x)\mathrm{d}x = \int_0^1 f(x)\mathrm{d}x + \int_1^2 f(x)\mathrm{d}x = \int_0^1 x^2 \mathrm{d}x + \int_1^2 (x-1)\mathrm{d}x = \frac{5}{6}.$$

【例 10】 计算下列定积分：

(1) $\int_0^{\ln 2} \sqrt{e^x + 1}\mathrm{d}x$;

(2) $\int_0^1 \frac{\sqrt{e^x}}{\sqrt{e^x + e^{-x}}}\mathrm{d}x$;

(3) $\int_0^{e-1} \ln(x+1)\mathrm{d}x$;

(4) $\int_{\frac{\pi}{4}}^{\frac{\pi}{3}} \frac{x}{\sin^2 x}\mathrm{d}x$ 。

解 (1) 令 $\sqrt{e^x - 1} = u$，则 $x = \ln(1+u^2)$，

$\mathrm{d}x = \frac{2u}{1+u^2}\mathrm{d}u$。积分限 当 $x=0$ 时，$u=0$；当 $x=\ln 2$，$u=1$，所以

$$\int_0^{\ln 2} \sqrt{e^x - 1}\mathrm{d}x = \int_0^1 \frac{2u^2}{1+u^2}\mathrm{d}u = 2\int_0^1 \left(1 - \frac{1}{1+u^2}\right)\mathrm{d}u$$

$$= 2(u - \arctan u)\Big|_0^1 = 2 - \frac{\pi}{2}.$$

(2) $\int_0^1 \frac{\sqrt{e^x}}{\sqrt{e^x + e^{-x}}}\mathrm{d}x = \int_0^1 \frac{e^x}{\sqrt{1 + e^{2x}}}\mathrm{d}x$，令 $u = e^x$，

当 $x=0$ 时，$u=1$；当 $x=1$ 时，$u=e$。

$$\int_0^1 \frac{\sqrt{e^x}}{\sqrt{e^x + e^{-x}}}\mathrm{d}x = \int_1^e \frac{\mathrm{d}u}{\sqrt{1+u^2}} = \ln(u + \sqrt{1+u^2})\Big|_1^e = \ln\left[\frac{e + \sqrt{e^2 + 1}}{1 + \sqrt{2}}\right].$$

(3) $\int_0^{e-1} \ln(x+1)\mathrm{d}x = x\ln(x+1)\Big|_0^{e-1} - \int_0^{e-1} x\mathrm{d}\ln(x+1)$

$$= e - 1 - \int_0^{e-1} \frac{x+1-1}{x+1}\mathrm{d}x = e - 1 - \int_0^{e-1} \left(1 - \frac{1}{x+1}\right)\mathrm{d}x$$

$$= e - 1 - [x - \ln(x+1)]\Big|_0^{e-1} = 1.$$

(4) $\int_{\frac{\pi}{4}}^{\frac{\pi}{3}} \frac{x}{\sin^2 x}\mathrm{d}x = \int_{\frac{\pi}{4}}^{\frac{\pi}{3}} x\csc^2 x\mathrm{d}x = -\int_{\frac{\pi}{4}}^{\frac{\pi}{3}} x\mathrm{d}\cot x = -x\cot x\Big|_{\frac{\pi}{4}}^{\frac{\pi}{3}} + \int_{\frac{\pi}{4}}^{\frac{\pi}{3}} \cot x\mathrm{d}x$

$$= -\left(\frac{\pi}{3} \times \frac{\sqrt{3}}{3} - \frac{\pi}{4}\right) + (\ln|\sin x|)\Big|_{\frac{\pi}{4}}^{\frac{\pi}{3}}$$

$$= \frac{(9 - 4\sqrt{3})}{36}\pi + \frac{1}{2}\ln\frac{3}{2}.$$

【例 11】 设 $G'(x)=g(x)$，试求 $\int_a^x g(2t-a)\mathrm{d}t$。

解 $\int_a^x g(2t-a)\mathrm{d}t=\frac{1}{2}\int_a^x g(2t-a)\mathrm{d}(2t-a)$，

令 $u=2t-a$，则当 $t=a$ 时，$u=a$；当 $t=x$ 时，$u=2x-a$。

所以 $\int_a^x g(2t-a)\mathrm{d}t=\frac{1}{2}\int_a^{2x-a} g(u)\mathrm{d}u$，

由题设条件 $G'(x)=g(x)$，

$$\int g(x)\mathrm{d}x=G(x)+C，$$

所以 $\frac{1}{2}\int_a^{2x-a} g(u)\mathrm{d}u=\frac{1}{2}G(u)\Big|_a^{2x-a}=\frac{1}{2}G(2x-a)-\frac{1}{2}G(a)$。

【例 12】 求 $G(x)=\int_0^x (t^2-3t+2)\mathrm{d}t$ 在 $[-2,3]$ 上的最大值和最小值。

解 $G'(x)=x^2-3x+2$，令 $G'(x)=0$，得 $x_1=1$，$x_2=2$，这是 $G(x)$ 的全部可能极值点，且 x_1，$x_2\in(-2,3)$。

又 $G(x)=\int_0^x(t^2-3t+2)\mathrm{d}t=\left(\frac{1}{3}t^3-\frac{3}{2}t^2+2t\right)\Big|_0^x=\frac{1}{3}x^3-\frac{3}{2}x^2+2x$，

$$G(-2)=-\frac{38}{3},\ G(1)=\frac{5}{6},\ G(2)=\frac{2}{3},\ G(3)=\frac{3}{2}。$$

所以最大值为 $G(2)=\frac{2}{3}$，最小值 $G(-2)=-\frac{38}{3}$。

【例 13】 求函数极限 $\lim\limits_{x\to0}\dfrac{\int_0^x(\mathrm{e}^t-\mathrm{e}^{2t})\mathrm{d}t}{x^2}$。

解 $\lim\limits_{x\to0}\dfrac{\int_0^x(\mathrm{e}^t-\mathrm{e}^{2t})\mathrm{d}t}{x^2}\overset{\frac{0}{0}}{=}\lim\limits_{x\to0}\dfrac{\mathrm{e}^x-\mathrm{e}^{2x}}{2x}\overset{\frac{0}{0}}{=}\lim\limits_{x\to0}\dfrac{\mathrm{e}^x-2\mathrm{e}^{2x}}{2}=-\frac{1}{2}$。

【例 14】 设 $f(x)$ 是闭区间 $[0,1]$ 上连续函数，且 $f(x)=\dfrac{1}{1+x^2}+x^3\int_0^1 f(t)\mathrm{d}t$，求 $\int_0^1 f(x)\mathrm{d}x$。

解 定积分是常数，设 $\int_0^1 f(t)\mathrm{d}t=I$，$f(x)=\dfrac{1}{1+x^2}+x^3 I$ 代入

$$\int_0^1 f(x)\mathrm{d}x=\int_0^1\left(\frac{1}{1+x^2}+Ix^3\right)\mathrm{d}x=\frac{\pi}{4}+\frac{1}{4}I，$$

即得 $$\int_0^1 f(x)\mathrm{d}x=\frac{\pi}{3}。$$

【例 15】 已知某商品每周生产 x 单位时，总费用 $F(x)$ 的变化率 $f(x)=0.4x-12$（元/单位），且已知 $F(0)=80$（元）。求 (1) 总费用函数 $F(x)$；(2) 如

果该商品的销售单价为 20(元/单位)，求总利润 $L(x)$，并问每周生产多少个单位时，才能获得最大利润？

解　(1) 求总费用函数

$$F(x) = \int f(x)\mathrm{d}x = \int (0.4x - 12)\mathrm{d}x = 0.2x^2 - 12x + C，$$

由 $F(0) = 80$，得 $C = 80$，总费用函数为

$$F(x) = 0.2x^2 - 12x + 80。$$

(2) 求总利润 $L(x)$

因为总收入为 $R(x) = 20x$，故

$$L(x) = R(x) - F(x) = 20x - (0.2x^2 - 12x + 80) = 32x - 0.2x^2 - 80。$$

求最大利润

$$L'(x) = 32 - 0.4x = 0，\text{得 } x = 80(\text{单位})，$$

由于这是一个实际问题，最大利润是存在的，而极值点又是唯一极大值点。故当 $x = 80$(单位) 时，总利润最大，即

$$L(80) = 32 \times 80 - 0.2 \times 80^2 - 80 = 1200(\text{元})。$$

Ⅳ　练习题

1. 填空题

(1) $\displaystyle\int \left(2x - \frac{1}{x}\right)\mathrm{d}x = $ _____。

(2) 若 $\displaystyle\int f(x)\mathrm{d}x = x\mathrm{e}^x + C$，则 $f(x) = $ _____。

(3) $\left[\displaystyle\int \cos^2 x\mathrm{d}x\right]' = $ _____。　　(4) $\displaystyle\int \mathrm{d}f(x) = $ _____。

(5) $\displaystyle\int \frac{1 + \cos^2 x}{1 + \cos^2 x}\mathrm{d}x = $ _____。

(6) 设 $f'(\ln x) = 1 + 2\ln x$，且 $f(0) = 2$，则 $f(x) = $ _____。

(7) $\displaystyle\int -[\sec x(\tan x + 3\sec x)]\mathrm{d}x = $ _____。

(8) 设 $f(x) = |x| + 2$，且 $f(1) = 8$，则 $\displaystyle\int f(x)\mathrm{d}x = $ _____。

(9) 设 $\displaystyle\int f(x)\mathrm{d}x = \mathrm{e}^x + C$，则 $\displaystyle\int xf(1 - x^2)\mathrm{d}x = $ _____。

(10) $\displaystyle\int \frac{\mathrm{d}x}{x^2 + 2x + 5} = $ _____。

(11) $\displaystyle\int \frac{\mathrm{d}x}{\sqrt{x+1}(1 + \sqrt[3]{x+1})} = $ _____。

(12) $\int (1-2x)\mathrm{e}^{-2x}\mathrm{d}x = $ _____ 。 (13) $\int x^2 f''(x)\mathrm{d}x = $ _____ 。

(14) $\int_0^1 x\mathrm{e}^{x^2}\mathrm{d}x = $ _____ 。 (15) $\lim_{x \to 0} \dfrac{\int_0^x \cos t^2 \,\mathrm{d}t}{\sin x} = $ _____ 。

(16) 求 $\int \left(3x^2 - \dfrac{2}{x}\right)\mathrm{d}x = $ _____ 。(17) $\int_{-1}^1 \dfrac{\sin x}{\sqrt{1+x^2}}\mathrm{d}x = $ _____ 。

(18) 设 $f(x) = x^2 - \int_0^1 f(x)\mathrm{d}x + 1$，则 $\int_0^1 f(x)\mathrm{d}x = $ _____ 。

(19) 函数 $f(x) = \int_0^x t(2-t)\mathrm{e}^{-t}\mathrm{d}t$ 的极大值点是_____。

(20) $\int_{-\infty}^{+\infty} \dfrac{\mathrm{d}x}{1+x^2} = $ _____ 。

2. 计算题

(1) 求下列不定积分：

① $\int \dfrac{(1-x)^2}{\sqrt{x}}\mathrm{d}x$； ② $\int \dfrac{3x^4 + 3x^2 + 4}{x^2 + 1}\mathrm{d}x$； ③ $\int \left(2\mathrm{e}^x + \dfrac{3}{x}\right)\mathrm{d}x$；

④ $\int \dfrac{23^x - 52^x}{3^x}\mathrm{d}x$； ⑤ $\int \dfrac{\mathrm{d}x}{1 + \cos 2x}$； ⑥ $\int \dfrac{\sqrt{a^2 - x^2}}{x^2}\mathrm{d}x$；

⑦ $\int \dfrac{\mathrm{d}x}{\sqrt{(4+x^2)^3}}$； ⑧ $\int \dfrac{\mathrm{d}x}{x^2 - 2x + 3}$； ⑨ $\int \dfrac{\mathrm{d}x}{\sqrt{1 + x - x^2}}$；

⑩ $\int \ln^2 x\,\mathrm{d}x$； ⑪ $\int \cos^3 x\,\mathrm{d}x$； ⑫ $\int t\mathrm{e}^{-2t}\mathrm{d}t$。

(2) 求下列不定积分：

① $\int (2x+1)^{10}\mathrm{d}x$； ② $\int \cos 3x \cos 2x\,\mathrm{d}x$； ③ $\int \dfrac{\cos \sqrt{x}}{\sqrt{x}}\mathrm{d}x$；

④ $\int \dfrac{1 + \ln x}{(x\ln x)^2}\mathrm{d}x$； ⑤ $\int \dfrac{\mathrm{d}x}{\sqrt{(1+x^2)^3}}$； ⑥ $\int \dfrac{x+1}{\sqrt{x^2 + x + 1}}\mathrm{d}x$；

⑦ $\int \mathrm{e}^{-2x} \sin \dfrac{x}{2}\mathrm{d}x$； ⑧ $\int \mathrm{e}^{3\sqrt{x}}\mathrm{d}x$； ⑨ $\int x\ln(x-1)\mathrm{d}x$；

⑩ $\int x \cdot 3^x\mathrm{d}x$。

(3) 计算下列定积分：

① $\int_{-1}^1 \dfrac{x\mathrm{d}x}{\sqrt{5 - 4x}}$； ② $\int_0^1 (\mathrm{e}^x + \mathrm{e}^{-x})\mathrm{d}x$； ③ $\int_a^{2a} \dfrac{\sqrt{x^2 - a^2}}{x^4}\mathrm{d}x$；

④ $\int_0^8 \dfrac{\mathrm{d}x}{1 + \sqrt[3]{x}}$； ⑤ $\int_0^3 \dfrac{x}{1 + \sqrt{1+x}}\mathrm{d}x$； ⑥ $\int_0^1 \mathrm{e}^{\sqrt{2x+1}}\mathrm{d}x$；

⑦ $\int_0^2 \mathrm{e}^x \sqrt{3 + 2\mathrm{e}^x}\mathrm{d}x$； ⑧ $\int_0^{\ln 2} \sqrt{1 - \mathrm{e}^{2x}}\mathrm{d}x$； ⑨ $\int_0^1 \dfrac{2x+3}{1+x^2}\mathrm{d}x$；

⑩ $\int_0^1 x\cos\pi x\mathrm{d}x$；　　⑪ $\int_0^1 (\arcsin x)^2\mathrm{d}x$；　　⑫ $\int_0^1 x^3\mathrm{e}^{x^2}\mathrm{d}x$；

⑬ $\int_0^1 \dfrac{x-x^2}{x^2+1}\mathrm{d}x$；　　⑭ $\int_0^{\mathrm{e}-1}\ln(x+1)\mathrm{d}x$。

(4) 讨论下列广义积分的敛散性，如收敛，则求其值：

① $\int_{-\infty}^{+\infty}\dfrac{\mathrm{d}x}{9+x^2}$；　　　　　　② $\int_0^{+\infty}x\mathrm{e}^{-x^2}\mathrm{d}x$。

(5) 求 $f(x)=\int_0^x \dfrac{2(x-2)(4x+1)}{3(x+1)^{\frac{1}{3}}}\mathrm{d}x$，在 $[-2,2]$ 上最大值、最小值。

(6) 设 $f(2x+1)=x\mathrm{e}^x$，求 $\int_3^5 f(t)\mathrm{d}t$。

(7) 计算极限 $\lim\limits_{x\to 0}\dfrac{\int_0^x(\sqrt{1+t^2}-\sqrt{1-t^2})\mathrm{d}t}{x^3}$。

3. 应用题

(1) 求由曲线 $y=\ln x$、$y=\ln a$、$y=\ln b(b>a>0)$ 围成的平面图形的面积。

(2) 求由曲线 $y=x^2-2$ 和 $y=x$ 所围成图形的面积。

(3) 求由曲线 $y=\ln x^2$ 以及过此曲线上点 $(\mathrm{e},2)$ 的切线，$y=0$ 所围成图形的面积。

(4) 求由曲线 $y=\mathrm{e}^x$、$y=\mathrm{e}^{-x}$ 和 $x=1$ 所围成图形的面积以及由此图形绕 y 轴旋转所得立体体积。

(5) 求由曲线 $y=x^3$、$x=2$、$y=0$ 所围成的图形分别绕 x 轴和 y 轴旋转所得旋转体体积。

(6) 生产某产品的边际收益为 $MR=\dfrac{ab}{(Q+b)^2}-C$，

求① 该产品的总收益函数 $R(Q)$；

② 该产品的需求函数。

(7) 生产某产品的边际收益为 $MR=a-2bQ$，

求① 该产品的总收益函数；

② 该产品的需求函数。

(8) 设生产某种产品 x(百台) 时的边际成本 $C'(x)=4+\dfrac{1}{4}x$(万元/百台)，

边际收益 $R'(x)=8-x$(万元/百台)，

求① 产量由 1 百台增加到 5 百台时的总成本和总收入各增多少？

② 产量为多少时，才能获得最大利润？

③ 若固定成本 $C_0=1$(万元)，分别求总成本，总利润与产量的关系。

(9) 已知某产品的边际成本为 $MC=0.4Q-12$，其中 Q 为产量，固定成本为 80，求

① 总成本函数；

② 设产品价格为常数：$p=20$，求总利润 $L(Q)$，并求当总利润最大时的产量。

V 参考答案

1. 填空题

(1) $x^2-\ln|x|+C$； (2) $(1+x)e^x$； (3) $\cos x^2$；

(4) $f(x)+C$； (5) $\dfrac{1}{2}(\tan x+x)+C$； (6) $x+x^2+C$；

(7) $-\sec x-3\tan x+C$；

(8) 当 $x>0$，$\dfrac{1}{2}x^2+2x+C$；当 $x\leqslant0$，$-\dfrac{1}{2}x^2+2x+C$；

(9) $-\dfrac{1}{2}e^{1-x^2}+C$； (10) $\dfrac{1}{2}\arctan\dfrac{x+1}{2}+C$；

(11) $6\sqrt[6]{x+1}-6\arctan\sqrt[3]{x+1}+C$；

(12) $-\dfrac{1}{2}(1-2x)e^{-2x}+\dfrac{1}{2}e^{-2x}+C$；

(13) $x^2f'(x)-2xf(x)+\displaystyle\int f(x)\mathrm{d}x$；

(14) $\dfrac{1}{2}(e-1)$； (15) 1； (16) $x^3-2\ln|x|+C$；

(17) 0； (18) $\dfrac{2}{3}$； (19) 2； (20) π。

2. 计算题

(1) ① $2\sqrt{x}-\dfrac{4}{3}x^{\frac{3}{2}}+\dfrac{2}{5}x^{\frac{5}{2}}+C$； ② $x^3+4\arctan x+C$；

③ $2e^x+3\ln|x|+C$； ④ $2x-\dfrac{5}{(\ln2-\ln3)}\left(\dfrac{2}{3}\right)^x+C$；

⑤ $\dfrac{1}{2}\tan x+C$； ⑥ $-\sqrt{\dfrac{a^2-x^2}{x}}-\arcsin\dfrac{x}{a}+C$；

⑦ $\dfrac{x}{4\sqrt{x^2+4}}+C$； ⑧ $\dfrac{\sqrt{2}}{2}\arctan\dfrac{x-1}{\sqrt{2}}+C$；

⑨ $\arcsin\dfrac{x-\dfrac{1}{2}}{\sqrt{5}/2}+C$； ⑩ $x\ln^2x-2x(\ln x-1)+C$；

⑪ $\sin x-\dfrac{1}{3}\sin^3x+C$； ⑫ $-\dfrac{1}{2}\left(t+\dfrac{1}{2}\right)e^{-2t}+C$；

(2) ① $\frac{1}{22}(2x+1)^{11}+C$；　　　　② $\frac{1}{2}\sin x+\frac{1}{10}\sin 5x+C$；

③ $2\sin\sqrt{x}+C$；　　　　　　　④ $-\frac{1}{x\ln x}+C$；

⑤ $\frac{x}{\sqrt{1+x^2}}+C$；

⑥ $\sqrt{x^2+x+1}+\frac{1}{2}\ln(\sqrt{x^2+x+1}+x+\frac{1}{2})+C$；

⑦ $-\frac{2}{17}e^{-2x}\left(\cos\frac{x}{2}+4\sin\frac{x}{2}\right)+C$；

⑧ $\frac{2}{9}e^{3\sqrt{x}}(\sqrt[3]{x-1})+C$；

⑨ $\frac{1}{2}x^2\ln|x-1|-\frac{1}{4}(x+1)^2-\frac{1}{2}\ln|x-1|+C$；

⑩ $\frac{3x}{(\ln 3)^2}(x\ln 3-1)+C$。

(3) ① $\frac{1}{6}$；　　② $e-e^{-1}$；　　③ $\frac{\sqrt{3}}{8a^2}$；

④ $3\ln 3$；　　⑤ $\frac{4}{3}$；　　⑥ $e^{\sqrt{3}}(\sqrt{3}-1)$；

⑦ $\frac{1}{3}\left[(3+2e^2)^{\frac{3}{2}}-5^{\frac{3}{2}}\right]$；　　⑧ $\frac{\sqrt{3}}{2}+\ln(2-\sqrt{3})$；

⑨ $\ln 2+\frac{3}{4}\pi$；　　⑩ $-\frac{2}{\pi^2}$；　　⑪ $\frac{\pi^2}{4}-2$；

⑫ $\frac{1}{2}$；　　⑬ $\frac{3}{2}-\ln 2$；　　⑭ 1。

(4) ①收敛，$\frac{\pi}{3}$；　　　②收敛，$\frac{1}{2}$。

(5) 最大值 $f(-2)=16$；最小值 $f(-1)=f(2)=0$。

(6) $2e^2$。

(7) $1/3$。

3. 应用题

(1) $(b-a)$。　　(2) $9/2$。　　(3) $e-2$。　　(4) $e+\frac{1}{e}-2$，$\frac{4\pi}{e}$。

(5) $V_x=\frac{128}{7}\pi$，　　$V_y=\frac{64}{5}\pi$。

(6) ① $R=a-CQ-\frac{ab}{Q+b}$；　　② $P=\frac{a}{Q+b}-C$。

(7) ① $R=aQ-bQ^2$；　　② $P=a-bQ$。

(8) ①总成本为 19（万元），总收入为 20 万元；　　②16/5 百台；

③ 总成本函数 $C(x) = \frac{1}{8}x^2 + 4x + 1$，总利润函数 $L(x) = -\frac{5}{8}x^2 + 4x - 1$。

(9) ①总成本函数 $C(x) = 0.2x^2 - 12x + 80$；

② 总利润 $L(x) = 32x - 0.2x^2 - 80$，最大利润 $x = 80$ 单位，$L(80) = 1200$ 元。

第六章　向量代数与空间解析几何

Ⅰ　基本要求

（1）理解向量的概念。掌握向量的运算（线性运算、标量积和向量积），了解两个向量垂直、平行的条件。

（2）熟悉单位向量、方向余弦及向量的坐标表示式，掌握用坐标表示式进行向量运算。

（3）熟悉平面方程和直线方程及其求法。

（4）理解曲面方程的概念，了解常用二次曲面的方程及其图形。

（5）了解以坐标轴为旋转轴的旋转曲面和母线平行于坐标轴的柱面方程。

Ⅱ　重点内容

1. 空间直角坐标系中两点间距离

设点 $M_1(x_1, y_1, z_1)$，$M_2(x_2, y_2, z_2)$，则两点间的距离为

$$d = |M_2 M_1| = \sqrt{(x_2 - x_1)^2 + (y_2 - y_1)^2 + (z_2 - z_1)^2}.$$

2. 向量（矢量）

向量的定义：有大小、方向的量称为向量，记作 $\overrightarrow{AB}$。其中 A 是起点，B 是终点。或简记为 $\boldsymbol{a}$。

向量的模（长度）：向量的大小称向量的模，记作 $|\overrightarrow{AB}|$ 或 $|\boldsymbol{a}|$。

单位向量：模为 1 的向量称单位向量。以 $\boldsymbol{a}^0$ 表示，即 $|\boldsymbol{a}^0| = 1$ 和 $\boldsymbol{a}$ 同向，且模为 1 的向量称与 $\boldsymbol{a}$ 同方向的单位向量，即 $\boldsymbol{a}^0 = \dfrac{1}{|\boldsymbol{a}|}\boldsymbol{a}$，或 $\boldsymbol{a} = |\boldsymbol{a}|\boldsymbol{a}^0$。

3. 向量的坐标表示式

设点 $O(0,0,0)$，$M(x,y,z)$，$M_1(x_1,y_1,z_1)$，$M_2(x_2,y_2,z_2)$，$\boldsymbol{i},\boldsymbol{j},\boldsymbol{k}$ 分别是 3 个坐标轴上与坐标轴同向的单位向量，也称基本单位向量。则

$$\boldsymbol{a} = \overrightarrow{OM} = x\boldsymbol{i} + y\boldsymbol{j} + z\boldsymbol{k},$$

$$|\boldsymbol{a}| = |\overrightarrow{OM}| = \sqrt{x^2 + y^2 + z^2},$$

$$\boldsymbol{a}^0 = \frac{1}{|\boldsymbol{a}|}\boldsymbol{a} = \frac{x}{\sqrt{x^2 + y^2 + z^2}}\boldsymbol{i} + \frac{y}{\sqrt{x^2 + y^2 + z^2}}\boldsymbol{j} + \frac{z}{\sqrt{x^2 + y^2 + z^2}}\boldsymbol{k}$$

$$= \cos\alpha \boldsymbol{i} + \cos\beta \boldsymbol{j} + \cos\gamma \boldsymbol{k},$$

式中 α、β、γ 是向量 $\overrightarrow{OM}$ 的方向角，$\cos\alpha$、$\cos\beta$、$\cos\gamma$ 称 $\overrightarrow{OM}$ 的方向余弦，且

$$\cos^2\alpha + \cos^2\beta + \cos^2\gamma = 1,$$

$$\overrightarrow{M_1 M_2} = (x_2 - x_1)\boldsymbol{i} + (y_2 - y_1)\boldsymbol{j} + (z_2 - z_1)\boldsymbol{k}.$$

4. 矢量的加、减法和数乘矢量

矢量相等：两矢量若满足①具有相同的大小；②有相同的方向，则两矢量相等。

（1）矢量加法

① 平行四边形法则：将两矢量 $\boldsymbol{a}$、$\boldsymbol{b}$ 平移至同一起点 O，以此两矢量为邻边作平行四边形，定义由起点 O 到平行四边形对顶点 B 所作成的矢量 $\overrightarrow{OB}$ 为矢量 $\boldsymbol{a}$、$\boldsymbol{b}$ 之和。（如图 6-1 所示）

即 $\qquad\qquad\qquad\qquad \boldsymbol{a} + \boldsymbol{b} = \overrightarrow{OB}.$

② 三角形法则：将矢量 $\boldsymbol{a}$、$\boldsymbol{b}$ 首尾相接，则由起点到终点矢量 $\boldsymbol{c}$ 为矢量 $\boldsymbol{a}$、$\boldsymbol{b}$ 之积。（如图 6-2 所示）。

即 $\qquad\qquad\qquad\qquad \boldsymbol{a} + \boldsymbol{b} = \boldsymbol{c}.$

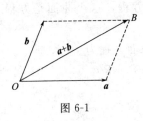

图 6-1

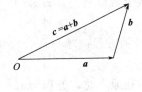

图 6-2

（2）矢量减法

将 $\boldsymbol{b}$ 变成 $-\boldsymbol{b}$ 再和 $\boldsymbol{a}$ 相加（如图 6-3 所示），即

$$\boldsymbol{a} - \boldsymbol{b} = \boldsymbol{a} + (-\boldsymbol{b}) \equiv \boldsymbol{c}.$$

矢量加减和数乘运算的坐标表达式：

设矢量

$$\boldsymbol{a} = a_1\boldsymbol{i} + a_2\boldsymbol{j} + a_3\boldsymbol{k}, \quad \boldsymbol{b} = b_1\boldsymbol{i} + b_2\boldsymbol{j} + b_3\boldsymbol{k},$$

$$\boldsymbol{a} \pm \boldsymbol{b} = (a_1 \pm b_1)\boldsymbol{i} + (a_2 \pm b_2)\boldsymbol{j} + (a_3 \pm b_3)\boldsymbol{k},$$

$$m\boldsymbol{a} = ma_1\boldsymbol{i} + ma_2\boldsymbol{j} + ma_3\boldsymbol{k}.$$

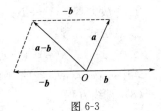

图 6-3

（3）线性关系

① $\boldsymbol{a}$、$\boldsymbol{b}$ 共线 $\Leftrightarrow$ 存在不全为 0 的数 λ、μ，使得 $\lambda\boldsymbol{a} + \mu\boldsymbol{b} = 0$ 成立。

② $\boldsymbol{a}$、$\boldsymbol{b}$、$\boldsymbol{c}$ 共面 $\Leftrightarrow$ 存在不全为 0 的数 λ、μ、ν，使得 $\lambda\boldsymbol{a} + \mu\boldsymbol{b} + \nu\boldsymbol{c} = 0$ 成立。

（4）矢量的数量积（点积）

定义 $\quad \boldsymbol{a} \cdot \boldsymbol{b} = |\boldsymbol{a}||\boldsymbol{b}|\cos(\widehat{\boldsymbol{a}, \boldsymbol{b}})$

投影形式 $a \cdot b = (a)_b \cdot |b| = (b)_a \cdot |a|$

坐标表达式：设 $a = a_x i + a_y j + a_z k$，$b = b_x i + b_y j + b_z k$，

$$a \cdot b = a_x b_x + a_y b_y + a_z b_z。$$

当 $a \perp b \Leftrightarrow a \cdot b = a_x b_x + a_y b_y + a_z b_z = 0$。

（5）矢量的矢量积（叉积）

定义 $a \times b = |a||b| \sin(\widehat{a,b}) c^0$，式中 c^0 是垂直于 a、b 两矢量的单位矢量、方向服从右手法则。

坐标表达式，设 $a = a_x i + a_y j + a_z k$，$b = b_x i + b_y j + b_z k$，

$$a \times b = \begin{vmatrix} i & j & k \\ a_x & a_y & a_z \\ b_x & b_y & b_z \end{vmatrix} = \begin{vmatrix} a_y & a_z \\ b_y & b_z \end{vmatrix} i + \begin{vmatrix} a_z & a_x \\ b_z & b_x \end{vmatrix} j + \begin{vmatrix} a_x & a_y \\ b_x & b_y \end{vmatrix} k。$$

（6）曲面与方程

① 曲面与方程的概念：在一定的空间直角坐标系中，如果点 $M(x,y,z)$ 位于一个曲面上的充要条件是 M 的坐标 (x,y,z) 满足方程

$$F(x,y,z) = 0,$$

则称在这个坐标系中，方程（1）是这个曲面的方程，这个曲面是方程（1）的图形。

② 球面方程：球心 (a,b,c)，半径为 R 的球面方程为

$$(x-a)^2 + (y-b)^2 + (z-c)^2 = R^2,$$

球心在原点时，方程为

$$x^2 + y^2 + z^2 = R^2。$$

③ 柱面方程：准线为 $\begin{cases} f(x,y) = 0 \\ z = 0 \end{cases}$，母线平行于 z 轴的柱面方程为 $f(x,y) = 0$。

（7）平面方程

① 一般方程：$Ax + By + Cz + D = 0$；

② 点法式方程：

$$A(x-x_0) + B(y-y_0) + C(z-z_0) = 0,$$

式中，$M_0(x_0, y_0, z_0)$ 是平面上的一点，$n = Ai + Bj + Ck$ 是平面的法线矢量。

（8）直线方程

① 一般方程（交面式）

$$\begin{cases} A_1 x + B_1 y + C_1 z + D_1 = 0 \\ A_2 x + B_2 y + C_2 z + D_2 = 0 \end{cases};$$

② 标准方程（或叫对称方程，点向式）

$$\frac{x-x_0}{l} = \frac{y-y_0}{m} = \frac{z-z_0}{n},$$

式中，$M_0(x_0,y_0,z_0)$ 是直线上一点，l、m、n 是直线的方向数，直线的方向矢量 $l = li + mj + nk$。

③ 两点式方程 $\dfrac{x-x_1}{x_2-x_1} = \dfrac{y-y_1}{y_2-y_1} = \dfrac{z-z_1}{z_2-z_1}$。

式中，$M_1(x_1,y_1,z_1)$，$M_2(x_2,y_2,z_2)$ 是直线上的两点。

Ⅲ　典型例题解析

【例 1】 已知三个矢量 a、b、c，a、b 夹角，构成封闭三角形如图 6-4 所示。利用矢量运算，求余弦定理 $c = \sqrt{a^2+b^2-2ab\cos\theta}$。

解　　　　$c = b - a$，

$$c \cdot c = (b-a) \cdot (b-a) = b^2 + a^2 - 2a \cdot b,$$
$$c^2 = a^2 + b^2 - 2ab\cos\theta,$$

所以　　　　$c = \sqrt{a^2+b^2-2ab\cos\theta}$。

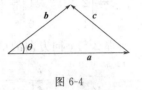

图 6-4

【例 2】 若 $a \neq 0$，且 $a \cdot b = a \cdot c$，则 $b = c$，此命题是否正确，并说明理由。

解　有人认为，由于 $a \cdot b = a \cdot c$，而 $a \cdot b - a \cdot c = a \cdot (b-c)$，所以有 $a \cdot (b-c) = 0$，因 $a \neq 0$，从而可以推得 $b = c$，或者有人从等式 $a \cdot b = a \cdot c$，两边因 $a \neq 0$，而直接消去 a 得 $b = c$，从而认为命题正确。我们说这些推法是错误的，命题并不正确。

因为矢量的点积运算和数的乘法运算不同，等式 $a \cdot (b-c) = 0$ 成立，并不一定要求其中至少有一个矢量为零，而只要求 $a \perp (b-c)$，即

$$a \cdot (b-c) = 0 \Leftrightarrow a \perp (b-c),$$

而不是 $a \cdot (b-c) = 0$ 推出 $a = 0$ 或 $(b-c) = 0$。

只有当 $a \neq 0$，b、c 平行且不垂直于 a 时，才能由 $a \cdot b = a \cdot c$ 得出 $b = c$ 的结论。

【例 3】 (1) 设 $a\{3,2,1\}$，$b\left\{2, \dfrac{4}{3}, k\right\}$，若 $a \perp b$，则 k 值为多少？若 $a /\!/ b$，则 k 值为多少？

(2) 设 $a = \{2,-3,1\}$，$b = \{1,-2,5\}$，$c \perp a, c \perp b$，且 $c \cdot (i+2j-7k) = 10$，则 c 为多少？

解　(1) 因为 $a \perp b \Leftrightarrow a \cdot b = 0$，故 $3 \times 2 + 2 \times \dfrac{4}{3} + 1 \times k = 0 \Rightarrow k = -\dfrac{26}{3}$，

又由于 $a /\!/ b \Leftrightarrow$ 对应坐标成比例，故 $\dfrac{3}{2} = \dfrac{2}{\frac{4}{3}} = \dfrac{1}{k} \Rightarrow k = \dfrac{2}{3}$。

(2) 设 $c=\{x,\ y,\ z\}$，由 $c\perp a$，$c\perp b$，有 $\begin{cases}2x-3y+z=0\\x-2y+5z=0,\\x+2y-7z=0\end{cases}$

解得 $x=\dfrac{65}{12}$，$y=\dfrac{15}{4}$，$z=\dfrac{5}{12}$，故 $c=\left\{\dfrac{65}{12},\ \dfrac{15}{4},\ \dfrac{5}{12}\right\}$。

【例 4】 求同时垂直于向量 $a=\{2,\ -3,\ 1\}$ 和 $b=\{1,\ -2,\ 0\}$ 的单位向量。

解 注意到向量积的定义，如设 $c=a\times b$，则 c 同时垂直于 a 和 b，再由相应的坐标表示，即得到

$$c=\begin{vmatrix}i & j & k\\2 & -3 & 1\\1 & -2 & 0\end{vmatrix}=\left\{\begin{vmatrix}-3 & 1\\-2 & 0\end{vmatrix},\ \begin{vmatrix}1 & 2\\0 & 1\end{vmatrix},\ \begin{vmatrix}2 & -3\\1 & -2\end{vmatrix},\right\}=\{2,\ 1,\ -1\},$$

那么与 c 同方向的单位向量 c^0 为

$$c^0=\frac{c}{|c|}=\frac{1}{\sqrt{2^2+1^2+(-1)^2}}\{2,1,-1\}=\left\{\frac{2}{\sqrt6},\frac{1}{\sqrt6},-\frac{1}{\sqrt6}\right\}。$$

一般 c^0 的负向量亦是与 a 和 b 垂直的单位向量，即 $c^0=\pm\left\{\dfrac{2}{\sqrt6}\cdot\dfrac{1}{\sqrt6},-\dfrac{1}{\sqrt6}\right\}$。

【例 5】 设 $a=\{1,\ 1,\ 4\}$，$b=\{1,\ -2,\ 2\}$，求 b 在 a 方向上的投影向量。

解 先求 a^0 为

$$a^0=\frac{a}{|a|}=\frac{\{1,1,4\}}{\sqrt{1^2+1^2+4^2}}=\left\{\frac{1}{\sqrt{18}},\frac{1}{\sqrt{18}},\frac{4}{\sqrt{18}}\right\},$$

从而 b 在 a 方向上的投影为

$$b\cdot a^0=\{1,-2,2\}\cdot\left\{\frac{1}{\sqrt{18}},\frac{1}{\sqrt{18}},\frac{4}{\sqrt{18}}\right\}=\frac{7}{\sqrt{18}},$$

而 b 在 a 方向上的投影向量即为

$$(b\cdot a^0)a^0=\frac{7}{\sqrt{18}}\left\{\frac{1}{\sqrt{18}},\frac{1}{\sqrt{18}},\frac{4}{\sqrt{18}}\right\}=\left\{\frac{7}{18},\frac{7}{18},\frac{14}{9}\right\}。$$

【例 6】 已知两直线方程是 $L_1:\dfrac{x-1}{1}=\dfrac{y-2}{0}=\dfrac{z-3}{-1}$ 和 $L_2:\dfrac{x+2}{2}=\dfrac{y-1}{1}=\dfrac{z}{1}$，则过 L_1 且平行 L_2 的平面方程是什么？

解 直线 L_1，L_2 的方向数分别为 $s_1=\{1,0,-1\},s_2=\{2,1\cdot1\}$，因为平面过 L_1 且平行 L_2，所以平面的法矢量 $n=\{A,B,C\}$ 就为 $n=s_1\times s_2=$

$\begin{vmatrix}i & j & k\\1 & 0 & -1\\2 & 1 & 1\end{vmatrix}=i-3j+k$，由于平面过 L_1，所以点 $M(1,\ 2,\ 3)$ 在平面上，故平面方程为 $(x-1)-3(y-2)+(z-3)=0$，即

$$x-3y+z+2=0。$$

【**例 7**】　与直线 $\begin{cases} x=1 \\ y=-1+t \\ z=2+t \end{cases}$ 与 $\dfrac{x+1}{1}=\dfrac{y+2}{2}=\dfrac{z-1}{1}$ 都平行，且过原点的平面

方程是什么？

　　解　$s_1=\{0,1,1\}$，$s_2=\{1,2,1\}$，由题意平面 π 平行两直线，则平面的法线
矢量 n 与该两直的方向矢量垂直。于是可设

$$n=s_1\times s_2=\begin{vmatrix} i & j & k \\ 0 & 1 & 1 \\ 1 & 2 & 1 \end{vmatrix}=-i+j-k,$$

平面又过原点，所以所求平面方程为 $-x+y-z=0$，即 $x-y+z=0$。

　　【**例 8**】　下列方程所代表的平面，其位置有何特点，并作出示意图：

　　(1)　$-3x+2y+6=0$；　　　　　　　(2)　$3x-2=0$；

　　(3)　$y-7z=0$；　　　　　　　　　(4)　$x+y+z=1$。

　　解　(1)　$-3x+2y+6=0$ 方程中缺 z 项，则平面平行于 z 轴（即垂直于 xy
平面）它和 xy 平面的交线为直线（如图 6-5 所示）。

$$\begin{cases} -3x+2y+6=0 \\ z=0 \end{cases}。$$

　　(2)　$3x-2=0$，方程中缺 y，z 项，故平面平行于 yz 平面且过 $(2/3,\ 0,\ 0)$
（如图 6-6 所示）。

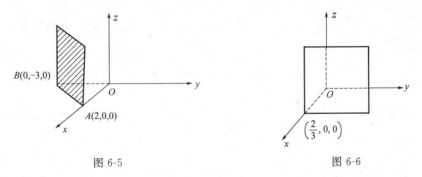

图 6-5　　　　　　　　　　　　　　　　图 6-6

　　(3)　$y-7z=0$ 方程中缺 x 项及常数项，平面平行 x 轴且过原点，即平面过
x 轴（如图 6-7 所示）。

　　(4)　$x+y+z=1$，它和 3 个坐标轴均相交，交点为 $A(1,0,0)$，$B(0,1,0)$，
$C(0,0,1)$。可通过 A，B，C 三点作出图形（如图 6-8 所示）。

　　【**例 9**】　指出下列方程在空间代表什么曲面，若是旋转曲面，指出它们是什
么曲线绕什么轴旋转而产生的：

　　(1)　$x^2+y^2+z^2+2z=3$；　　　　　(2)　$x^2-y^2=0$；

　　(3)　$x^2=4z$；　　　　　　　　　　(4)　$x^2+\dfrac{1}{4}y^2+z^2=1$；

(5) $\dfrac{1}{2}x^2+\dfrac{1}{2}y^2-z=0$；

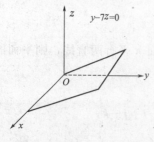

图 6-7

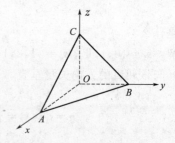

图 6-8

解 (1) $x^2+y^2+z^2+2z=3$，即 $x^2+y^2+(z+1)^2=2^2$ 是球心在点 $(0,0,-1)$，半径为 2 的球面。

(2) $x^2-y^2=0$ 分解成 $(x-y)(x+y)=0$，即 $x-y=0$ 或 $x+y=0$，在空间表示两个相交于 z 轴的平面（因为方程缺 z 项，也是一个母线平行于 z 轴的柱面）。

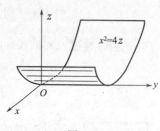

图 6-9

(3) $x^2=4z$ 是母线平行于 y 轴的柱面，它和 xz 平面的交线是抛物线 $\begin{cases}4z=x^2\\y=0\end{cases}$，故是抛物柱面（如图 6-9 所示）。

(4) $x^2+\dfrac{1}{4}y^2+z^2=1$，是一个椭球面，其半轴分别为 1，2，1 用平面 $y=k(|k|<2)$ 截割曲面时，其交线是平面 $\eta=k$ 上的且中心在 y 轴上的圆，故可看成是曲线 $\begin{cases}\dfrac{1}{4}y^2+z^2=1\\x=0\end{cases}$ 绕 y 轴旋转而得到的旋转面，称旋转椭球面。

(5) $\dfrac{1}{2}x^2+\dfrac{1}{2}y^2-z=0$ 是一个旋转抛物面，即由抛物线 $\begin{cases}z=\dfrac{1}{2}x^2\\y=0\end{cases}$ 或 $\begin{cases}z=\dfrac{1}{2}y^2\\x=0\end{cases}$ 绕 y 轴旋转而成。

Ⅳ 练习题

1. 设已知矢量 $|a|=13$，$|b|=19$，$|a+b|=24$，试求 $|a-b|$。

2. 已知矢量 $a=3i+5j-k$，$b=2i+2j+3k$，$c=4i-j-3k$，求下列各矢量；

(1) $2a$；(2) $a+b-c$；(3) $2a-3b+4c$；(4) $ma+nb$。

3. 已知 $a=\alpha i+5j-k$，$b=3i+j+\gamma k$ 两个矢量平行，求 α、γ 值。

4. 已知矢量 $a=i+j-4k$，$b=2i-2j+k$，求

(1) $a \cdot b$；(2) 求 $|a|$、$|b|$ 及 a 和 b 的夹角；(3) $(b)_a$（b 在 a 上投影）。

5. 已知 $|a|=3$，$|b|=5$，问 λ 为何值时，向量 $a+\lambda b$ 和 $a-\lambda b$ 互相垂直？

6. 已知 $a \perp b$，且 $|a|=3$，$|b|=4$，计算

(1) $|a \times b|$；(2) $|(a+b) \times (a-b)|$；(3) $|(3a-b) \times (a-2b)|$。

7. 分别按下列条件求直线方程：

(1) 过点 $(3, 4-4)$，方向角为 $60°$，$45°$，$120°$；

(2) 经过两点 $(1, 2, 1)$ 和 $(1, 2, 3)$。

8. 化下列直线方程为标准方程：

(1) $\begin{cases} x-y+z+5=0 \\ 5x-8y+4z+36=0 \end{cases}$；　(2) $\begin{cases} x=3z-5 \\ y=2z-8 \end{cases}$。

9. 指出下列方程表示怎样的曲面并作出草图：

(1) $x^2+\dfrac{1}{9}y^2+\dfrac{1}{4}z^2=0$；　　(2) $x^2-y^2-2z=0$；

(3) $x^2-y^2-2z^2=0$；　　(4) $\dfrac{x^2}{a^2}+\dfrac{y^2}{b^2}=1$；

(5) $\dfrac{1}{4}x^2-y^2-z^2=1$；　　(6) $\dfrac{1}{4}x^2-y^2-z^2=-1$。

V　参考答案

1. 22.

2. (1) $6i+10j-2k$；　　(2) $i+8j+5k$；

(3) $16i-23k$；　　(4) $(3m+2n)i+(5m+2n)j-(m-3n)k$。

3. $\alpha=15$，$\gamma=-\dfrac{1}{5}$。

4. (1) -4；(2) $|a|=3\sqrt{2}$，$|b|=3$，a 和 b 的夹角为 $108°52'$；

(3) $(b)_a=-\dfrac{2}{3}\sqrt{2}$。

5. $\lambda=\pm\sqrt{\dfrac{a^2}{b^2}}=\pm\dfrac{3}{5}$。

6. (1)12；(2)24；(3)60。

7. (1) $x-3=\dfrac{y-4}{\sqrt{2}}=\dfrac{z+4}{-1}$；(2)$x-1=0,y-2=0$。

8. (1) $\dfrac{x}{4} = \dfrac{y-4}{1} = \dfrac{z+1}{-3}$; (2) $\dfrac{x+5}{3} = \dfrac{y+8}{2} = \dfrac{z}{1}$。

9. (1) 原点；(2) 双曲抛物面；(3) 锥面；(4) 椭圆柱面；(5) 双叶双曲面；(6) 单叶双曲面。

第七章　多元函数微分学

Ⅰ　基本要求

（1）理解二元函数的定义，会求二元函数的定义域。

（2）了解二元函数的极限与连续的概念及有界闭区域上连续函数的性质。

（3）理解二元函数的偏导数的定义，掌握多元复合函数的求导法则，隐函数的求导法则，会求偏导数。

（4）理解全微分的概念，会求二元函数的全微分。

（5）掌握多元函数的极值的概念，会求多元函数的极值。

（6）会使用拉格朗日乘数法求条件极值。

（7）会解一些经济问题中的最值问题。

Ⅱ　重点内容

1. 二元函数的定义

设集合 $D \subset \mathbf{R}^2$，$D \neq \varnothing$，若有一个对应法则 f，它使得 D 中的每一点 $P(x,y)$ 都有唯一的一个实数 z 与之对应，则称 f 为定义在 D 上的一个二元函数，记作
$$z = f(x,y) \quad [(x,y) \in D]。$$

2. 二元函数的极限

对于二元函数 $z = f(x,y)$ $[(x,y) \in D]$，假设 $\overset{0}{U}(P_0)$ 为 $P_0(x_0, y_0)$ 的任意一个去心邻域，$\overset{0}{U}(P_0) \bigcap D \neq \varnothing$，如果存在常数 A，当点 $P(x,y) \in D$ 无限趋近于 P_0 时，$f(x,y)$ 无限接近于常数 A，则称 A 为函数 $f(x,y)$，当 $P \to P_0$ 时的极限，记作
$$\lim_{\substack{x \to x_0 \\ y \to y_0}} f(x,y) = A。$$

二元函数的极限称为二重极限。

3. 二元连续函数

（1）$f(x,y)$ 在点 $P_0(x_0, y_0)$ 连续定义：设二元函数 $f(x,y)$ 的定义域 D，点 $P_0(x_0, y_0) \in D$，$\overset{0}{U}(P_0)$ 是 P_0 的任一去心邻域，如果当点 $P(x,y)$ 无限趋近于 $P_0(x_0, y_0)$ 时，$f(x,y)$ 无限趋近于 $f(x_0, y_0)$，即

$$\lim_{\substack{x \to x_0 \\ y \to y_0}} f(x,y) = f(x_0,y_0),$$

则称函数 $f(x,y)$ 在点 P_0 连续。

(2) 如果函数 $f(x,y)$ 在区域 D 上每一点都连续，则称 $f(x,y)$ 在 D 上连续或 $f(x,y)$ 是 D 上的连续函数。

4. 偏导数的定义

已知二元函数 $z=f(x,y)$ 在定义域内取一点 $P_0(x_0,y_0)$ 有一邻域 $U(P_0)$，将 y 取定为 y_0，x 在 x_0 点有增量 $\Delta x(x_0+\Delta x,y_0)$，相应地函数有增量

$$\Delta z_x = f(x_0+\Delta x,y_0) - f(x_0,y_0)。$$

如果

$$\lim_{\Delta x \to 0} \frac{\Delta z_x}{\Delta x} = \lim_{\Delta x \to 0} \frac{f(x_0+\Delta x,y_0) - f(x_0,y_0)}{\Delta x} \text{ 存在,}$$

则称此极限为函数 $f(x,y)$ 在 $P_0(x_0,y_0)$ 处对 x 的偏导数，记作 $\left.\dfrac{\partial z}{\partial x}\right|_{(x_0,y_0)}$ 或 $\left.\dfrac{\partial f}{\partial x}\right|_{(x_0,y_0)}$，或 $z_x'(x_0,y_0)$ 或 $f_x'(x_0,y_0)$

同理 $f(x,y)$ 对 y 的偏导数 z_y'，f_y'，$\dfrac{\partial z}{\partial y}$ 或 $\dfrac{\partial f}{\partial y}$，称偏导函数。

5. 高价偏导数

设函数 $z=f(x,y)$ 有偏导数 $z_x'=f_x'(x,y)$，$z_y'=f_y'(x,y)$，都是 x、y 的函数，如果这些函数的偏导数存在，则称为 $z=f(x,y)$ 的二价偏导数。

$$\frac{\partial}{\partial x}\left(\frac{\partial z}{\partial x}\right) = \frac{\partial^2 z}{\partial x^2} = z_{xx}'' = f_{xx}''(x,y); \quad \frac{\partial}{\partial x}\left(\frac{\partial z}{\partial y}\right) = f_{yx}''(x,y);$$

$$\frac{\partial}{\partial y}\left(\frac{\partial z}{\partial x}\right) = f_{xy}''(x,y); \quad \frac{\partial}{\partial y}\left(\frac{\partial z}{\partial y}\right) = \frac{\partial^2 z}{\partial y^2} = f_{yy}''(x,y)。$$

6. 二元函数的全微分

(1) 定义：

$$\Delta z = A(x_0,y_0)\Delta x + B(x_0,y_0)\Delta y + o(p)。$$

式中，$o(p)$ 是 $p=\sqrt{(\Delta x)^2+(\Delta y)^2}=|P_0 p|$ 的高阶无穷小，则称函数 $f(x,y)$ 在点 P_0 可微（或可微分），在点 P_0 的全微分记 $\mathrm{d}z|_{P_0}$ 或 $\mathrm{d}f|_{P_0}$，即

$$\mathrm{d}z|_{P_0} = \mathrm{d}f|_{P_0} = A(x_0,y_0)\Delta x + B(x_0,y_0)\Delta y。$$

(2) 可微分可导的关系。

定理 1 假设函数 $z=f(x,y)$ 在点 $P_0(x_0,y_0)$ 可微，则①$f(x,y)$ 在 $P_0(x_0,y_0)$ 点连续。②$f(x,y)$ 在点 P_0 必有偏导数 $f_x'(x_0,y_0)$ 和 $f_y'(x_0,y_0)$，且 $A(x_0,y_0)=f_x'(x_0,y_0)$，$B(x_0,y_0)=f_y'(x_0,y_0)$。

定理 2 如果函数 $z=f(x,y)$ 在点 $P_0(x_0,y_0)$ 的一个邻域 $U(P_0)$ 上有意义，两个偏导数 $\dfrac{\partial z}{\partial x}$，$\dfrac{\partial z}{\partial y}$ 存在且在点 P_0 连续，则函数 $f(x,y)$ 在点 P_0 可微。

7. 二元函数的极值

(1) 极值的必要条件：假设 $z=f(x,y)$ 在点 $P_0(x_0,y_0)$ 有偏导数，且 P_0 是 $f(x,y)$ 的极值点，则必有 $f'_x(x_0,y_0)=0$，$f'_y(x_0,y_0)=0$。

(2) 极值的充分条件：假设 $z=f(x,y)$ 在其驻点 $P_0(x_0,y_0)$ 的某个邻域内有二阶连续的偏导数，记

$$A=f''_{xx}(x_0,y_0)；B=f''_{xy}(x_0,y_0)；c=f''_{yy}(x_0,y_0)。$$

则 ①当 $B^2-AC<0$ 时，当 $A<0$ 时，是极大值；当 $A>0$，是极小值。

② 当 $B^2-AC>0$ 时，$f(x_0,y_0)$ 不是 $f(x,y)$ 的极值。

③ 当 $B^2-AC=0$ 时，需进一步判定 $f(x_0,y_0)$ 是否是 $f(x,y)$ 的极值。

8. 多元复合函数求导法则

(1) $z=f(x,y)$，$x=x(t)$，$y=y(t)$，则

$$\frac{\mathrm{d}z}{\mathrm{d}t}=\frac{\partial z}{\partial x}\frac{\mathrm{d}x}{\mathrm{d}t}+\frac{\partial z}{\partial y}\frac{\mathrm{d}y}{\mathrm{d}t}。$$

(2) $z=f(u)$，$u=u(x,y)$，$z'_x=f'(u)u'_x$，$z'_y=f'(u)u'_y$

9. 隐函数求导公式

(1) 设方程 $F(x,y)=0$ 而 $y=y(x)$，则有

$$F[x,y(x)]=0$$

两边对 x 求导，可得

$$F'_x(x,y)+F'_y(x,y)\frac{\mathrm{d}y}{\mathrm{d}x}=0$$

所以

$$\frac{\mathrm{d}y}{\mathrm{d}x}=-\frac{F'_x(x,y)}{F'_y(x,y)}\quad[F'_y(x,y)\neq0]。$$

(2) 设方程 $F(x,y,z)=0$ 而 $z=z(x,y)$，则有

$$F[x,y,z(x,y)]=0$$

两边分别对 x、y 求偏导数，得 $F'_x+F'_z z'_x=0$ 和 $F'_y+F'_z z'_y=0$，

解出

$$z'_x=-\frac{F'_x}{F'_z}；z'_y=-\frac{F'_y}{F'_z}\quad(F'_z\neq0)。$$

Ⅲ 典型例题解析

【例1】 求下列函数的定义域：

(1) $z=\dfrac{2x}{\sqrt{x^2+y^2-a^2}}$ $(a>0)$；(2) $z=\ln(x-y)$；

(3) $z=\arccos\dfrac{x}{y}$；(4) $z=\sqrt{R^2-x^2-y^2}-\dfrac{1}{\sqrt{x^2+y^2-r^2}}$ $(R>r>0)$。

解 求二元函数的定义域就是求使函数有意义的点的全体，一般地，二元函数定义域是平面上的某一部分区域。

(1) $z=\dfrac{2xy}{\sqrt{x^2+y^2-a^2}}$ $(a>0)$，这是分式，要求分母不能等于 0，即要求 $x^2+y^2-a^2>0$，故所求定义域为 $x^2+y^2>a^2$（如图 7-1 所示）。

(2) $z=\ln(x-y)$，对数要求 $x-y>0$，即

$$x>y$$

是 $y=x$ 下方区域，不包括直线（如图 7-2 所示）。

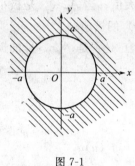

图 7-1

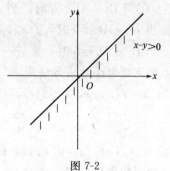

图 7-2

(3) $z=\arccos\dfrac{x}{y}$，反余弦函数要求 $\left|\dfrac{x}{y}\right|\leqslant1$，所以函数的定义域为

$$-1\leqslant\dfrac{x}{y}\leqslant1 \quad \text{（如图 7-3 所示）。}$$

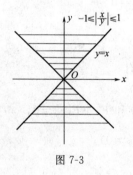

图 7-3

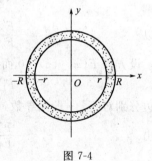

图 7-4

(4) $z=\sqrt{R^2-x^2-y^2}+\dfrac{1}{\sqrt{x^2+y^2-r^2}}$ $(R>r>0)$，第一项要求，$x^2+y^2\leqslant R^2$；第二项要求 $x^2+y^2>r^2$。

所以，函数定义域为 $r^2<x^2+y^2\leqslant R^2$（如图 7-4 所示）。

【例 2】 设 $f\left(x-y,\dfrac{y}{x}\right)=x^2+y^2$，求 $f(x,y)$。

解 令 $u=x-y$，$v=\dfrac{y}{x}$，则 $x=\dfrac{u}{1-v}$，$y=\dfrac{uv}{1-v}$，

$$f(u,v)=f\left(x-y,\dfrac{y}{x}\right)=x^2+y^2=\left(\dfrac{u}{1-v}\right)^2+\left(\dfrac{uv}{1-v}\right)^2=\dfrac{u^2}{(1-v)^2}(1+v)^2,$$

$$f(u,v)=\frac{u^2}{(1-v)^2}(1+v^2),$$

所以
$$f(x,y)=\frac{x^2}{(1-y)^2}(1+y^2)。$$

【例3】 设 $z=y-f(\sqrt{x}+1)$，且当 $y=1$ 时，$z=x$，求 $f(u)$ 和 $z=z(x,y)$。

解 由题设条件，当 $y=1$ 时，$z=x$，得
$$x=1-f(\sqrt{x}+1),$$

从而
$$1-x=f(\sqrt{x}+1)。$$

令 $u=\sqrt{x}+1$，得 $x=(u-1)^2$，所以 $f(u)=1-(u-1)^2$，把 $f(\sqrt{x}+1)=1-x$ 代入 $z=y-f(\sqrt{x}+1)$，得
$$z=y+x-1,$$

所以 $f(u)=1-(u-1)^2$，$z=y+x-1$。

【例4】 求下列函数的偏导数 $\frac{\partial z}{\partial x}$，$\frac{\partial z}{\partial y}$ 或指定点上的偏导数：

(1) $z=x^y+xy$；

(2) $z=\ln\frac{x^2+y^2}{xy}+\sin^2 x$；

(3) $z=\sin\frac{y}{x}\cos\frac{x}{y}$，$\frac{\partial z}{\partial x}\Big|_{(2,\pi)}$，$\frac{\partial z}{\partial y}\Big|_{(2,\pi)}$；

(4) $f(x,y)=\begin{cases}(x^2+y^2)\sin\frac{1}{x^2+y^2},x^2+y^2\neq0\\0,x^2+y^2=0\end{cases}$；

(5) $z=x^y y^x$。

解 (1) $\frac{\partial z}{\partial x}=y+yx^{y-1}$；$\frac{\partial z}{\partial y}=x^y\ln x+x$。

(2) 由于 $\ln\frac{x^2+y^2}{xy}=\ln(x^2+y^2)-\ln x-\ln y$，

故
$$\frac{\partial z}{\partial x}=\frac{2x}{x^2+y^2}-\frac{1}{x}+\sin 2x；$$

$$\frac{\partial z}{\partial y}=\frac{2y}{x^2+y^2}-\frac{1}{y}。$$

(3) $\frac{\partial z}{\partial x}=\cos\frac{y}{x}\left(-\frac{y}{x^2}\right)\cos\frac{x}{y}+\left(-\sin\frac{x}{y}\right)\left(\frac{1}{y}\sin\frac{y}{x}\right)$

$\qquad=-\frac{y}{x^2}\cos\frac{y}{x}\cos\frac{x}{y}-\frac{1}{y}\sin\frac{x}{y}\sin\frac{y}{x}$；

$\frac{\partial z}{\partial y}=\left(\cos\frac{y}{x}\right)\left(\frac{1}{x}\cos\frac{x}{y}\right)+\sin\frac{y}{x}\left(-\sin\frac{x}{y}\right)\left(\frac{-x}{y^2}\right)$

$\qquad=\frac{1}{x}\cos\frac{y}{x}\cos\frac{x}{y}+\frac{x}{y^2}\sin\frac{y}{x}\sin\frac{x}{y}$；

$$\frac{\partial z}{\partial x}\Big|_{(2,\pi)} = -\frac{\pi}{4}\cos\frac{2}{\pi}; \quad \frac{\partial z}{\partial y}\Big|_{(2,\pi)} = -\frac{1}{2}\cos\frac{2}{\pi}.$$

(4) 当 $x^2 + y^2 \neq 0$ 时，

$$\frac{\partial z}{\partial x} = 2x\sin\frac{1}{x^2+y^2} + (x^2+y^2)\cos\frac{1}{x^2+y^2} \times \frac{(-2x)}{(x^2+y^2)^2}$$

$$= 2x\sin\frac{1}{x^2+y^2} - \frac{2x}{x^2+y^2}\cos\frac{1}{x^2+y^2};$$

$$\frac{\partial z}{\partial y} = 2y\sin\frac{1}{x^2+y^2} - \frac{2y}{x^2+y^2}\cos\frac{1}{x^2+y^2}.$$

当 $x^2 + y^2 = 0$ 时，则要从定义来求偏导数

$$\frac{\partial z}{\partial x}\Big|_{(0,0)} = \lim_{\Delta x \to 0}\frac{f(0+\Delta x,0)-f(0,0)}{\Delta x} = \lim_{\Delta x \to 0}\frac{(\Delta x)^2\sin\dfrac{1}{(\Delta x)^2}}{\Delta x} = 0,$$

同理 $\dfrac{\partial z}{\partial y}\Big|_{(0,0)} = 0$。

所以

$$\frac{\partial z}{\partial x} = \begin{cases} 2x\sin\dfrac{1}{x^2+y^2} - \dfrac{2x}{x^2+y^2}\cos\dfrac{1}{x^2+y^2}, & x^2+y^2 \neq 0 \\ 0, & x^2+y^2 = 0 \end{cases};$$

$$\frac{\partial z}{\partial y} = \begin{cases} 2y\sin\dfrac{1}{x^2+y^2} - \dfrac{2y}{x^2+y^2}\cos\dfrac{1}{x^2+y^2}, & x^2+y^2 \neq 0 \\ 0, & x^2+y^2 = 0 \end{cases}.$$

(5) $\quad \dfrac{\partial z}{\partial x} = yx^{y-1}y^x + x^yy^x\ln y = y^xx^{y-1}(y+x\ln y);$

$$\frac{\partial z}{\partial y} = x^y\ln xy^x + x^yxy^{x-1} = x^yy^{x-1}(y\ln x+x).$$

【例5】 求下列函数的高阶偏导数：

(1) $z = \arcsin(xy)$，求 $\dfrac{\partial^2 z}{\partial x^2}$，$\dfrac{\partial^2 z}{\partial x\partial y}$，$\dfrac{\partial^2 z}{\partial y\partial x}$；

(2) $z = y^{\log_a x}$，求 $\dfrac{\partial^2 z}{\partial x^2}$，$\dfrac{\partial^2 z}{\partial y^2}$。

解 (1) $\dfrac{\partial z}{\partial x} = \dfrac{y}{\sqrt{1-(xy)^2}}$，$\dfrac{\partial^2 z}{\partial x^2} = \dfrac{xy^3}{\sqrt{(1-x^2y^2)^3}}$；

$$\frac{\partial^2 z}{\partial y\partial x} = \frac{\partial}{\partial y}\left[\frac{y}{\sqrt{1-(xy)^2}}\right] = \frac{1}{\sqrt{(1-x^2y^2)^3}};$$

$$\frac{\partial z}{\partial y} = \frac{x}{\sqrt{1-x^2y^2}}, \quad \frac{\partial^2 z}{\partial x\partial y} = \frac{\partial}{\partial x}\left[\frac{x}{\sqrt{1-x^2y^2}}\right] = \frac{1}{\sqrt{(1-x^2y^2)^3}}.$$

(2) $\dfrac{\partial z}{\partial x} = y^{\log_a x}\ln y\dfrac{1}{x\ln a}$，$\dfrac{\partial^2 z}{\partial x^2} = \dfrac{\ln^2 y}{x^2\ln^2 a} - \dfrac{\ln y}{x^2\ln a}y^{\log_a x}$；

$$\frac{\partial z}{\partial y} = (\log_a x) y^{\log_a x - 1}, \quad \frac{\partial^2 z}{\partial y^2} = (\log_a x)(\log_a x - 1) y^{\log_a x - 2}。$$

【**例 6**】 求下列函数的全微分：

(1) $z = xy^2 + \tan(x + y)$，求 $\mathrm{d}z$；

(2) $z = \dfrac{\mathrm{e}^{xy}}{\mathrm{e}^x + \mathrm{e}^y}$，求 $\mathrm{d}z\Big|_{(1,1)}$；

(3) $z = f(x, y) = \begin{cases} \dfrac{xy}{\sqrt{x^2 + y^2}}, & x^2 + y^2 \neq 0 \\ 0, & x^2 + y^2 = 0 \end{cases}$，求 $\mathrm{d}z\Big|_{(0,0)}$。

解 (1) $\dfrac{\partial z}{\partial x} = y^2 + \sec^2(x+y)$，$\dfrac{\partial z}{\partial y} = zxy + \sec^2(x+y)$，

所以 $\mathrm{d}z = \dfrac{\partial z}{\partial x}\mathrm{d}x + \dfrac{\partial z}{\partial y}\mathrm{d}y = [y^2 + \sec^2(x+y)]\mathrm{d}x + [2xy + \sec^2(x+y)]\mathrm{d}y$。

(2) $\dfrac{\partial z}{\partial x} = \dfrac{\mathrm{e}^{xy}(y\mathrm{e}^x + y\mathrm{e}^y - \mathrm{e}^x)}{(\mathrm{e}^x + \mathrm{e}^y)^2}$，$\dfrac{\partial z}{\partial y} = \dfrac{\mathrm{e}^{xy}(x\mathrm{e}^x + x\mathrm{e}^y - \mathrm{e}^y)}{(\mathrm{e}^x + \mathrm{e}^y)^2}$；

$\dfrac{\partial z}{\partial x}\Big|_{(1,1)} = \dfrac{1}{4}$，$\dfrac{\partial z}{\partial y}\Big|_{(1,1)} = \dfrac{1}{4}$；

$\mathrm{d}z\Big|_{(1,1)} = \dfrac{1}{4}\mathrm{d}x + \dfrac{1}{4}\mathrm{d}y = \dfrac{1}{4}(\mathrm{d}x + \mathrm{d}y)$。

(3) $\dfrac{\partial z}{\partial x}\Big|_{(0,0)} = \lim_{\Delta x \to 0} \dfrac{f(0 + \Delta x, 0) - f(0,0)}{\Delta x} = \lim_{\Delta x \to 0} \dfrac{\dfrac{\Delta x \times 0}{\sqrt{(\Delta x)^2 + 0}} - 0}{\Delta x} = 0$，

$\dfrac{\partial z}{\partial y}\Big|_{(0,0)} = 0$，

该函数在 (0,0) 处两个一阶偏导数都存在，但是在 (0,0) 处是不可微的。说明如下。

假如 $f(x, y)$ 在点 (0,0) 可微，则由微分的定义和上面的计算可得

$$\Delta z - \mathrm{d}z = o(p) \quad (p = \sqrt{(\Delta x)^2 + (\Delta y)^2})。$$

并且应该有 $\lim\limits_{p \to 0} \dfrac{\Delta z - \mathrm{d}z}{p} = 0$，但是，由 $\Delta z = f(0 + \Delta x, 0 + \Delta y) - f(0,0) =$

$\dfrac{\Delta x \Delta y}{\sqrt{(\Delta x)^2 + (\Delta y)^2}}$，$\mathrm{d}z = f_x(0,0)\mathrm{d}x + f_y(0,0)\mathrm{d}y = 0$，且当 $\Delta x = \Delta y$ 时，

$$\lim_{p \to 0} \frac{\Delta z - \mathrm{d}z}{p} = \lim_{\substack{\Delta x \to 0 \\ \Delta y \to 0}} \left[\frac{\dfrac{\Delta x \cdot \Delta y}{\sqrt{(\Delta x)^2 + (\Delta y)^2}}}{\sqrt{(\Delta x)^2 + (\Delta y)^2}} \right] = \lim_{\Delta x \to 0} \frac{(\Delta x)^2}{2(\Delta x)^2} = \frac{1}{2} \neq 0。$$

与 $\lim\limits_{p \to 0} \dfrac{\Delta z - \mathrm{d}z}{p} = 0$ 矛盾。所以，所给函数在 (0,0) 点不可微。

注意：由多元函数的微分理论可知，可导不一定连续；偏导数均存在，但函数不连续。

【例 7】 求下列复合函数的偏导数:

(1) $z=u^2-v^2$, $u=x\sin y$, $v=x\cos y$, 求 $\dfrac{\partial z}{\partial x}$, $\dfrac{\partial z}{\partial y}$;

(2) $u=f(x+xy+xyz)$, 求 $\dfrac{\partial u}{\partial x}$, $\dfrac{\partial u}{\partial y}$, $\dfrac{\partial u}{\partial z}$;

(3) $u=f(x,y,z)=\mathrm{e}^{x^2+y^2+z^2}$, $z=x^2\sin y$, 求 $\dfrac{\partial u}{\partial x}$, $\dfrac{\partial u}{\partial y}$。

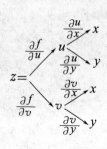

解 (1) $\dfrac{\partial z}{\partial x}=\dfrac{\partial z}{\partial u}\dfrac{\partial u}{\partial x}+\dfrac{\partial z}{\partial v}\dfrac{\partial v}{\partial x}$

$\qquad =2u\sin y+(-2v)\cos y$

$\qquad =2x\sin^2 y-2x\cos^2 y=2x\cos 2y$,

$\dfrac{\partial z}{\partial y}=\dfrac{\partial z}{\partial u}\dfrac{\partial u}{\partial y}+\dfrac{\partial z}{\partial v}\dfrac{\partial v}{\partial y}$

$\qquad =2ux\cos y+(-2v)(-x\sin y)$

$\qquad =2x^2\sin 2y$。

(2) 令 $v=x+xy+xyz$, 则 $u=f(v)$,

$$\dfrac{\partial u}{\partial x}=\dfrac{\mathrm{d}f}{\mathrm{d}v}\dfrac{\partial u}{\partial x}=(1+y+yz)\dfrac{\mathrm{d}f}{\mathrm{d}v},$$

$$\dfrac{\partial u}{\partial y}=\dfrac{\mathrm{d}f}{\mathrm{d}v}\dfrac{\partial v}{\partial y}=(x+xz)\dfrac{\mathrm{d}f}{\mathrm{d}v},$$

$$\dfrac{\partial u}{\partial z}=\dfrac{\mathrm{d}f}{\mathrm{d}v}\dfrac{\partial v}{\partial z}=xy\dfrac{\mathrm{d}f}{\mathrm{d}v}。$$

(3)

$\dfrac{\partial u}{\partial x}=\dfrac{\partial f}{\partial x}+\dfrac{\partial f}{\partial z}\dfrac{\partial z}{\partial x}=\mathrm{e}^{x^2+y^2+z^2}\times 2x+\mathrm{e}^{x^2+y^2+z^2}\times 2z\times 2x\sin y$

$\qquad =2x\mathrm{e}^{x^2+y^2+z^2}(1+2z\sin y)=2x\mathrm{e}^{x^2+y^2+z^2}(1+2x^2\sin^2 y)$,

$\dfrac{\partial u}{\partial y}=\dfrac{\partial f}{\partial y}+\dfrac{\partial f}{\partial z}\dfrac{\partial z}{\partial y}$

$\qquad =\mathrm{e}^{x^2+y^2+z^2}\times 2y+\mathrm{e}^{x^2+y^2+z^2}\times 2zx^2\cos y$

$\qquad =\mathrm{e}^{x^2+y^2+z^2}(2y+x^4\sin 2y)$。

【例 8】 求下列隐函数的偏导数或全微分:

(1) $\ln\sqrt{x^2+y^2}=\arctan\dfrac{y}{x}$, 求 $\dfrac{\mathrm{d}y}{\mathrm{d}x}$;

(2) $xy+\ln x+\ln y=1$, 求 $\dfrac{\mathrm{d}y}{\mathrm{d}x}$, $\dfrac{\mathrm{d}^2 y}{\mathrm{d}x^2}$;

(3) $z^2-2xyz+8=0$, 求 $\dfrac{\partial z}{\partial x}$, $\dfrac{\partial z}{\partial y}$;

(4) $2\sin(x+2y-3z)=x+2y-3z$, 求 $\dfrac{\partial z}{\partial x}$, $\dfrac{\partial z}{\partial y}$;

(5) $e^{xyz} - xyz = 1$，求 $\dfrac{\partial z}{\partial x}$, $\dfrac{\partial z}{\partial y}$。

解　(1) 移项 $\ln \sqrt{x^2 + y^2} - \arctan \dfrac{y}{x} = 0$，

令 $F(x, y) = \ln \sqrt{x^2 + y^2} - \arctan \dfrac{y}{x}$，则有

$$\frac{dy}{dx} = -\frac{\dfrac{\partial F}{\partial x}}{\dfrac{\partial F}{\partial y}} = \frac{\dfrac{x}{x^2 + y^2} + \dfrac{\dfrac{y}{x^2}}{1 + \left(\dfrac{y}{x}\right)^2}}{\dfrac{y}{x^2 + y^2} - \dfrac{\dfrac{1}{x}}{1 + \left(\dfrac{y}{x}\right)^2}} = \frac{x + y}{y - x}。$$

(2) 移项 $xy + \ln x + \ln y - 1 = 0$，

令 $F(x, y) = xy + \ln x + \ln y - 1$，则有

$$\frac{dy}{dx} = -\frac{\dfrac{\partial F}{\partial x}}{\dfrac{\partial F}{\partial y}} = \frac{-\left(y + \dfrac{1}{x}\right)}{\left(x + \dfrac{1}{y}\right)} = -\frac{y}{x},$$

$$\frac{d^2 y}{dx^2} = \frac{d}{dx}\left(-\frac{y}{x}\right) = -\frac{\dfrac{dy}{dx} x - y}{x^2} = -\frac{\left(-\dfrac{y}{x} - x - y\right)}{x^2} = \frac{2y}{x^2}。$$

(3) 令 $F(x, y, z) = z^2 - 2xyz + 8$，则

$$\frac{\partial z}{\partial x} = -\frac{\dfrac{\partial F}{\partial x}}{\dfrac{\partial F}{\partial z}} = -\frac{2yz}{2z - 2xy} = \frac{yz}{z - xy},$$

$$\frac{\partial z}{\partial y} = -\frac{\dfrac{\partial F}{\partial y}}{\dfrac{\partial F}{\partial z}} = -\frac{-2xz}{2z - 2xy} = \frac{xz}{z - xy}。$$

(4) 移项令 $F(x, y, z) = 2\sin(x + 2y - 3z) - x - 2y + 3z$，则有

$$\frac{\partial z}{\partial x} = -\frac{\dfrac{\partial F}{\partial x}}{\dfrac{\partial F}{\partial z}} = -\frac{2\cos(x + 2y - 3z) - 1}{-6\cos(x + 2y - 3z) + 3} = \frac{1}{3},$$

$$\frac{\partial z}{\partial y} = -\frac{\dfrac{\partial F}{\partial y}}{\dfrac{\partial F}{\partial z}} = -\frac{4\cos(x + 2y - 3z) - 2}{-6\cos(x + 2y - 3z) + 3} = \frac{2}{3}。$$

(5) 令 $F(x, y, z) = e^{xyz} - xyz - 1$，则有

$$\frac{\partial z}{\partial x} = -\frac{\dfrac{\partial F}{\partial x}}{\dfrac{\partial F}{\partial z}} = -\frac{yze^{xyz} - yz}{xye^{xyz} - xy} = -\frac{yz}{xy} = -\frac{z}{x},$$

$$\frac{\partial z}{\partial y} = -\frac{\dfrac{\partial F}{\partial y}}{\dfrac{\partial F}{\partial z}} = -\frac{xze^{xyz} - xz}{xye^{xyz} - xy} = -\frac{xz}{xy} = -\frac{z}{y}.$$

【例 9】 求下列函数的极值：

(1) $f(x,y) = e^{2x}(x+y^2+2y)$；(2) $z = (x-1)^2 + y^2 + (y-2)^2$。

解 (1) 求解方程组

$$\begin{cases} \dfrac{\partial f}{\partial x} = e^{2x}(2x+2y^2+4y+1) = 0 \\ \dfrac{\partial f}{\partial y} = 2e^{2x}(y+1) = 0 \end{cases}$$

得驻点：$\left(\dfrac{1}{2}, -1\right)$。

$$A = \frac{\partial^2 z}{\partial x^2} = 4e^{2x}(x+y^2+2y+1)\Big|_{(\frac{1}{2}, -1)} = 2e,$$

$$B = \frac{\partial^2 z}{\partial x \partial y} = 4e^{2x}(y+1)\Big|_{(\frac{1}{2}, -1)} = 0,$$

$$C = \frac{\partial^2 z}{\partial y^2} = 2e^{2x}\Big|_{(\frac{1}{2}, -1)} = 2e,$$

$B^2 - AC = -4e^2 < 0$，$A = 2e > 0$，故点 $\left(\dfrac{1}{2}, -1\right)$ 是极小值，

$$f\left(\frac{1}{2}, -1\right) = -\frac{1}{2}e.$$

(2) 求解方程组

$$\begin{cases} \dfrac{\partial z}{\partial x} = 2(x-1) = 0 \\ \dfrac{\partial z}{\partial y} = 2y + 2(y-2) = 0 \end{cases}$$

得驻点 $(1,1)$。

因为 $A = \dfrac{\partial^2 z}{\partial x^2}\Big|_{(1,1)} = 2 > 0$，$B = \dfrac{\partial^2 z}{\partial x \partial y}\Big|_{(1,1)} = 0$，$C = \dfrac{\partial^2 z}{\partial y^2}\Big|_{(1,1)} = 4$，

$B^2 - AC = -8 < 0$，$A = 2 > 0$，所以点 $(1,1)$ 是极小值点，$z(1,1) = 2$。

【例 10】 企业用两种原料甲和乙来生产某产品，甲、乙原料的价格分别为每公斤 2 万元、1 万元。该产品的产量和原料甲、乙投入量之间的关系为 $z = 20 - x^2 + 10x - 2y^2 + 5y$，其中 x，y 分别为甲、乙的投入量，z 为产品产量。设产品的价格为每公斤 5 万元，试决定原料甲、乙的投入量，使利润最大（成本只

计甲、乙原料的投入）。

解 生产成本 $C=2x+y$，

产品的销售收入为 $R=5z=100-5x^2+50x-10y^2+25y$。

因此，利润函数为

$$L(x,y)=R-C=100-5x^2+48x-10y^2+24y,$$

$$\frac{\partial L(x,y)}{\partial x}=-10x+48=0, \quad \frac{\partial L(x,y)}{\partial y}=-20y+24=0,$$

得驻点 $(4.8,1.2)$，因为

$$A=\frac{\partial^2 L}{\partial x^2}\bigg|_{\substack{x=4.8\\y=1.2}}=-10<0,$$

$$B=\frac{\partial^2 L}{\partial x\partial y}\bigg|_{\substack{x=4.8\\y=1.2}}=0,$$

$$C=\frac{\partial^2 L}{\partial y^2}\bigg|_{\substack{x=4.8\\y=1.2}}=-20,$$

$B^2-AC=-200<0$，所以利润函数在点 $(4.8,1.2)$ 处有最大值。即有

$$L_{\max}(4.8,1.2)=229.6（万元）。$$

Ⅳ 练 习 题

1. 填空题

(1) 函数 $z=\arccos\left(\dfrac{x}{y}-2\right)$ 的定义域为_____。

(2) $\lim\limits_{(x,y)\to(0,0)}\dfrac{\sqrt{xy+4}-2}{xy}=$_____。

(3) 若 $f(x,y)=\begin{cases}x^2y^2\sin\dfrac{1}{x^2+y^2}, & x^2+y^2\neq 0\\ 0, & x^2+y^2=0\end{cases}$，则 $f(x,y)$ 在原点连续性

是_____。

(4) 若 $\varphi(x,y)=x^2y+\dfrac{2x}{x^2+y^2}$ $[\varphi(x,y)\neq(0,0)]$，则 $\varphi'_x(0,1)=$_____。

(5) 若 $z=x^y+y^x$，则 $z'_x=$_____，$z'_y=$_____。

(6) 设 $f(x,y)=\ln(e^x+e^y)$，则 $\dfrac{\partial^2 f}{\partial x^2}=$_____，$\dfrac{\partial^2 f}{\partial x\cdot\partial y}=$_____。

(7) 设 $z=xy+e^x\cos y$，则 $\mathrm{d}z=$_____。

(8) 设 $z=(x^2+y^2)^{2x-3y}$，则 $z'_x=$_____。

(9) 设 $z=\sin\dfrac{x}{y}$，$x=\ln t$，$y=t^3$，则 $z'_t=$_____。

(10) 设 $f(xy,x-y)=x^2+y^2$，则 $\dfrac{\partial f}{\partial x}=$_____，$\dfrac{\partial f}{\partial y}=$_____。

(11) 若 $z=f\left[(x+y),\ \arctan\dfrac{x}{y}\right]$，则 $\mathrm{d}z=$ _____。

(12) 由方程 $\sin y+x^2-y=0$ 确定的隐函数的导数 $y'_x=$ _____。

(13) 设 $\dfrac{y}{x}+z^2-2x\mathrm{e}^z=0$，则 $z'_x=$ _____。

(14) 设函数 $f(x,y)=-x^3-y^3+2xy-1$，则函数的极大值为 _____。

(15) 设 $u=2\cos^2\left(x-\dfrac{1}{2}y\right)$，则 $\dfrac{\partial u}{\partial x}=$ _____，$\dfrac{\partial u}{\partial y}=$ _____。

(16) 已知 $s=\dfrac{u^2+v^2}{u\cdot v}$，则 $\dfrac{\partial s}{\partial u}=$ _____，$\dfrac{\partial s}{\partial v}=$ _____。

(17) $z=f(\sin x,\ \mathrm{e}^{xy})$，$f(u,v)$ 可微，则 $\mathrm{d}z=$ _____。

2. 计算题

(1) 求函数的定义域：

① $z=\arcsin\dfrac{x}{y^2}+\arcsin(1-y)$；　　② $u=\dfrac{1}{\sqrt{x}}+\dfrac{1}{\sqrt{y}}+\dfrac{1}{\sqrt{z}}$。

(2) 求下列函数的偏导数：

① $z=\dfrac{x\mathrm{e}^y}{y^2}$，求 $\dfrac{\partial z}{\partial x}$，$\dfrac{\partial z}{\partial y}$；　　　② $z=\arcsin\dfrac{x}{\sqrt{x^2+y^2}}$，求 $\dfrac{\partial z}{\partial x}$，$\dfrac{\partial z}{\partial y}$；

③ $z=\arcsin(y\sqrt{x})$，求 $\dfrac{\partial z}{\partial x}$，$\dfrac{\partial z}{\partial y}$；

④ $z=\sin\dfrac{x}{y}+x\ln(x+y^2)$，求 $\dfrac{\partial z}{\partial x}$，$\dfrac{\partial z}{\partial y}$；

⑤ $z=\sin xy^2$，$\dfrac{\partial z}{\partial x}$，$\dfrac{\partial z}{\partial y}$。

(3) 求下列函数的高阶偏导数 $\dfrac{\partial^2 z}{\partial x^2}$，$\dfrac{\partial^2 z}{\partial y^2}$，$\dfrac{\partial^2 z}{\partial x\partial y}$：

① $z=\ln(x^2+y^2)$；　　　　　② $z=2x^2+3xy-y^2$；

③ $z=\tan\dfrac{x^2}{y}$；　　　　　④ $z=\mathrm{e}^{xy}$。

(4)求下列函数的全微分：

① $z=xy+\dfrac{x}{y}$，求 $\mathrm{d}z$；　　　② $z=\mathrm{e}^x\sin y$，求 $\mathrm{d}z$；

③ $u=(xy)^z$，求 $\mathrm{d}u$；　　　　④ $z=\arctan\dfrac{y}{x}$，求$\mathrm{d}z\big|_{(1,1)}$。

(5)求下列隐函数的导数或全微分：

① $2xz-2xyz+\ln(xyz)=0$，求$\mathrm{d}z\big|_{(1,1)}$；

② $x^2+y^2+2x-2yz-\mathrm{e}^z=0$，求 $\dfrac{\partial z}{\partial x}$，$\dfrac{\partial z}{\partial y}$；

③ $\dfrac{x}{z}=\ln\dfrac{z}{y}$，求 $\dfrac{\partial z}{\partial x}$，$\dfrac{\partial z}{\partial y}$。

(6) 求函数 $z=xy+\dfrac{50}{x}-\dfrac{20}{y}$ 的极值。

(7) 求下列复合函数的导数：

① $z=x^2y-xy^2$，$x=r\cos\theta$，$y=r\sin\theta$，求 $\dfrac{\partial z}{\partial r}$，$\dfrac{\partial z}{\partial\theta}$；

② $z=\arcsin(x-y^2)$，$x=3t$，$y=4t^2$，求 $\dfrac{\mathrm{d}z}{\mathrm{d}t}$。

3. 应用题

(1) 公司有甲、乙两个工厂生产同一种产品，设甲、乙两厂的产量分别为 x、y 吨，该产品的总成本函数 $C(x,y)=xy+100000$（元）。现有 350000 元可用于该产品的生产，问如何分配甲、乙两厂的产量，可使公司的产品产量最大。

(2) 设某种产品的产量是劳动力 x 和原料 y 的函数：$f(x,y)=60x^{\frac{1}{2}}y^{\frac{1}{2}}$，假设每单位劳动力花费 50 元，每单位原料花费 100 元，现有 20000 元资金用于生产，应如何安排劳动力和原料，才能得到最多的产品？

Ⅴ　参考答案

1. 填空题

(1) $\left\{(x,y)\ \middle|\ 1\leqslant\dfrac{x}{y}\leqslant3\right\}$；　　　(2) $\dfrac{1}{4}$；

(3) 在 $(0,0)$ 处连续；　　　(4) $\varphi_x'(0,1)=2$；

(5) $z_x'=yx^{y-1}+\ln y\cdot y^x$，$z_y'=\ln x\cdot x^y+xy^{x-1}$；

(6) $\dfrac{\partial^2 f}{\partial x\partial y}=-\dfrac{\mathrm{e}^{x+y}}{(\mathrm{e}^x+\mathrm{e}^y)^2}$，$\dfrac{\partial^2 f}{\partial x^2}=\dfrac{\mathrm{e}^{x+y}}{(\mathrm{e}^x+\mathrm{e}^y)}$；

(7) $\mathrm{d}z=(y+\mathrm{e}^x\cos y)\mathrm{d}x+(x-\mathrm{e}^x\sin y)\mathrm{d}y$；

(8) $z_x'=(x^2+y^2)^{2x-3y}\left[2\ln(x^2+y^2)+(2x-3y)\cdot\dfrac{2x}{x^2+y^2}\right]$；

(9) $z_x'=\dfrac{\cos\dfrac{x}{y}}{yt}-\dfrac{3xt^2}{y^2}\cos\dfrac{x}{y}$；

(10) $\dfrac{\partial f}{\partial x}=2,\dfrac{\partial f}{\partial y}=2y$；

(11) $\mathrm{d}z=\left(f_u'+\dfrac{y}{x^2+y^2}f_v'\right)\mathrm{d}x+\left(f_u'-\dfrac{x}{x^2+y^2}f_v'\right)\mathrm{d}y$；

(12) $\dfrac{2x}{1-\cos y}$；

(13) $z_x'=\dfrac{2x^2\,\mathrm{e}^x+y}{2x^2(z-x\mathrm{e}^z)}$；

(14) 极大值 $f\left(\dfrac{2}{3}, \dfrac{2}{3}\right) = -\dfrac{19}{27}$;

(15) $\dfrac{\partial u}{\partial x} = \sin(2x-y)$, $\dfrac{\partial u}{\partial y} = \sin(2x-y)$;

(16) $\dfrac{\partial s}{\partial u} = \dfrac{1}{v} - \dfrac{v}{u^2}$, $\dfrac{\partial s}{\partial v} = \dfrac{1}{u} - \dfrac{u}{v^2}$;

(17) $\mathrm{d}z = (\cos x \cdot f_u' + y\mathrm{e}^{xy} f_v')\mathrm{d}x + x\mathrm{e}^{xy} f_v' \mathrm{d}y$。

2. 计算题

(1) ① $\{(x,y) \mid -y^2 \leqslant x \leqslant y^2, \text{且 } 0 \leqslant y \leqslant z\}$;

② $\{(x,y) \mid x > 0, y > 0, \text{且 } z > 0\}$。

(2) ① $\dfrac{\partial z}{\partial x} = \dfrac{\mathrm{e}^y}{y^2}$, $\dfrac{\partial z}{\partial y} = \dfrac{x(y-1)}{y^3}\mathrm{e}^y$;

② $\dfrac{\partial z}{\partial x} = \dfrac{y}{x^2+y^2}$, $\dfrac{\partial z}{\partial y} = -\dfrac{x}{x^2+y^2}$;

③ $\dfrac{\partial z}{\partial x} = \dfrac{y}{2\sqrt{x(1-xy^2)}}$, $\dfrac{\partial z}{\partial y} = \sqrt{\dfrac{x}{1-xy^2}}$;

④ $\dfrac{\partial z}{\partial x} = y + \dfrac{1}{y}$, $\dfrac{\partial z}{\partial y} = x\left(1-\dfrac{1}{y^2}\right)$;

⑤ $\dfrac{\partial z}{\partial x} = y^2\cos xy^2$, $\dfrac{\partial z}{\partial y} = 2xy\cos xy^2$。

(3) ① $\dfrac{\partial^2 z}{2x^2} = \dfrac{2y^2-2x^2}{(x^2+y^2)^2}$, $\dfrac{\partial^2 z}{\partial y^2} = \dfrac{2x^2-2y^2}{(x^2+y^2)^2}$, $\dfrac{\partial^2 z}{\partial x \partial y} = \dfrac{-4xy}{(x^2+y^2)^2}$;

② $\dfrac{\partial^2 z}{\partial x^2} = 4$, $\dfrac{\partial^2 z}{\partial y^2} = -2$, $\dfrac{\partial^2 z}{\partial x \partial y} = 3$;

③ $\dfrac{\partial^2 z}{\partial x^2} = \dfrac{2}{y}\sec^2\left(\dfrac{x^2}{y}\right) + \dfrac{8x^2}{y^2}\sec^2\left(\dfrac{x^2}{y}\right)\tan\dfrac{x^2}{y}$,

$\dfrac{\partial^2 z}{\partial y^2} = \dfrac{2x^3}{y^3}\sec^2\left(\dfrac{x^2}{y}\right) + \dfrac{2x^4}{y^4}\sec^2\left(\dfrac{x^2}{y}\right)\tan\dfrac{x^2}{y}$,

$\dfrac{\partial^2 z}{\partial x \cdot \partial y} = -\dfrac{2x}{y^2}\sec^2\left(\dfrac{x^2}{y}\right) - \dfrac{4x^3}{y^3}\sec^2\left(\dfrac{x^2}{y}\right)\mathrm{tg}\left(\dfrac{x^2}{y}\right)$;

④ $\dfrac{\partial^2 z}{\partial x^2} = y^2\mathrm{e}^{xy}$, $\dfrac{\partial^2 z}{\partial y^2} = x^2\mathrm{e}^{xy}$, $\dfrac{\partial^2 z}{\partial x \cdot \partial y} = \mathrm{e}^{xy}(1+xy)$。

(4) ① $\mathrm{d}z = \left(y+\dfrac{1}{y}\right)\mathrm{d}x + x\left(1-\dfrac{1}{y^2}\right)\mathrm{d}y$;

② $\mathrm{d}z = \mathrm{e}^x\sin y\mathrm{d}x + \mathrm{e}^x\cos y\mathrm{d}y$;

③ $\mathrm{d}u = yz(xy)^{z-1}\mathrm{d}x + xz(xy)^{z-1}\mathrm{d}y + (xy)^z\ln(xy)\mathrm{d}z$;

④ $\mathrm{d}z\big|_{(1,1)} = \dfrac{1}{2}\mathrm{d}y - \mathrm{d}x$。

(5) ① $\mathrm{d}z\big|_{(1,1)} = -\mathrm{d}x + \mathrm{d}y$;

② $\dfrac{\partial z}{\partial x} = \dfrac{2(x+1)}{2y+\mathrm{e}^z}$, $\dfrac{\partial z}{\partial y} = \dfrac{2(y-z)}{2y+\mathrm{e}^z}$;

③ $\dfrac{\partial z}{\partial x} = \dfrac{z}{x+z}$, $\dfrac{\partial z}{\partial y} = \dfrac{z^2}{y(x+z)}$。

(6) 极大值 $z(-5,2) = -30$。

(7) ① $\dfrac{\partial z}{\partial r} = 3r^2 \sin\theta\cos\theta(\cos\theta - \sin\theta)$,

$\dfrac{\partial z}{\partial \theta} = r^3 \left[(2\cos\theta - \sin\theta)\sin^2\theta + (\cos\theta - 2\sin\theta)\cos^2\theta \right]$;

② $\dfrac{\mathrm{d}z}{\mathrm{d}t} = \dfrac{3 - 64t^3}{\sqrt{1 - (3t - 4t^2)^2}}$。

3. 应用题

(1) $x = y = 500$ 吨。

(2) $50x + 100y = 20000$,

$Q = f(400 - 2y, y) = 60(400 - 2y)^{\frac{1}{2}} y^{\frac{1}{2}}$,

由 $Q'_y = 0$, 解 $y = 100$, $x = 200$, 时产量最高。

第八章 二重积分

I 基本要求

了解二重积分的概念与基本性质，掌握二重积分（直角坐标，极坐标）的计算方法。会计算无界区域上的较简单的二重积分。

II 重点内容

1. 二重积分的定义

设 $f(x,y)$ 是有界闭区域 D 上函数，将 D 分成 n 个小闭区域 $\Delta\sigma_1, \Delta\sigma_2, \cdots, \Delta\sigma_n$，对于每个 $i(i=1,2,\cdots,n), \Delta\sigma_i$ 的面积，它的直径记作 $d_i, d=\max\{d_1, d_2, \cdots, d_n\}$，在 $\Delta\sigma_i$ 中任取一点 (ξ_i, η_i) 作乘积 $f(\xi_i, \eta_i)\Delta\sigma_i(i=1,2,\cdots,n)$，并求和

$$S_n = \sum_{i=1}^{n} f(\xi_i, \eta_i)\Delta\sigma_i \, 。$$

当 $d \rightarrow 0$ 时，S_n 总是无限趋近于一个确定的常数，则称函数 $f(x,y)$ 在 D 上可积，并称此常数为 $f(x,y)$ 在 D 上的二重积分。记作

$$\iint\limits_{D} f(x,y)\mathrm{d}\sigma = \lim_{d\rightarrow 0}\sum_{i=1}^{n} f(\xi_i, \eta_i)\Delta\sigma_i \, 。$$

式中，$f(x,y)$ 为被积函数；$f(x,y)\,\mathrm{d}\sigma$ 为被积表达式；D 为积分区域；$\mathrm{d}\sigma$ 为面积元；x, y 为积分变量。

2. 二重积分的性质

设 $f(x,y), g(x,y)$ 在区域 D 上可积，则有：

性质 1 如果 $f(x,y)=1$，D 的面积为 σ，则 $\iint\limits_{D}\mathrm{d}\sigma = \sigma$。

性质 2 如果 a、b 为常数，则

$$\iint\limits_{D}[af(x,y) \pm bg(x,y)]\mathrm{d}\sigma = a\iint\limits_{D}f(x,y)\mathrm{d}\sigma \pm b\iint\limits_{D}g(x,y)\mathrm{d}\sigma \, 。$$

性质 3 如果将 D 用曲线分成两个闭合区域 D_1，D_2，则

$$\iint\limits_{D}f(x,y)\mathrm{d}\sigma = \iint\limits_{D_1}f(x,y)\mathrm{d}\sigma + \iint\limits_{D_2}f(x,y)\mathrm{d}\sigma \, 。$$

性质 4 ① 若 $f(x,y) \geqslant 0$，则 $\iint\limits_{D} f(x,y)\mathrm{d}\sigma \geqslant 0$；

② 若 $f(x,y) \leqslant g(x,y)$，则 $\iint\limits_{D} f(x,y)\mathrm{d}\sigma \leqslant \iint\limits_{D} g(x,y)\mathrm{d}\sigma$；

③ 若 M，m 依次是 $f(x,y)$ 在 D 域上最大值、最小值，σ 为 D 的面积，则

$$m\sigma \leqslant \iint\limits_{D} f(x,y)\mathrm{d}\sigma \leqslant M\sigma \text{ 。}$$

性质 5 $\left|\iint\limits_{D} f(x,y)\mathrm{d}\sigma\right| \leqslant \iint\limits_{D} |f(x,y)|\mathrm{d}\sigma \text{ 。}$

性质 6 （积分中值定理）如果 $f(x,y)$ 在 D 上连续，σ 为 D 的面积，则在点 $(\xi, \eta) \in D$，使得 $\iint\limits_{D} f(x,y)\mathrm{d}\sigma = f(\xi,\eta)\sigma$。

3. 二重积分的解题技巧

(1) $\iint\limits_{D} f(x,y)\mathrm{d}\sigma$ 的解题程序。

① 画出积分域 D 的草图。

② 选择坐标系：主要依据积分域 D 的形状，有时也参照被积函数 $f(x,y)$ 的形式如表 8-1 所示。

表 8-1

坐标系	积分区域形状	被积函数	面积元 $\mathrm{d}\sigma$	变量替换	积分表达式
直角坐标系	D 为任意形尤其是折边形	$f(x,y)$	$\mathrm{d}\sigma = \mathrm{d}x\mathrm{d}y$	/	$\iint\limits_{D} f(x,y)\mathrm{d}x\mathrm{d}y$
极坐标系	圆域 环域 扇域 环扇域	$f(x^2+y^2)$ $f\left(\dfrac{y}{x}\right)$, $f\left(\dfrac{x}{y}\right)$	$\mathrm{d}\sigma = \rho\mathrm{d}\rho\mathrm{d}\theta$	$x = \rho\cos\theta$ $y = \rho\sin\theta$	$\iint\limits_{D} f(\rho\cos\theta \cdot \rho\sin\theta)\rho\mathrm{d}\rho\mathrm{d}\theta$

③ 选择积分次序：

选择原则（ⅰ）先积分的容易，并能为后积分创造条件；

（ⅱ）对积分域 D 的划分，块数越小越好。

④ 确定累次积分的上、下限，作定积分运算。

定积分限口诀：后积分先定限，限内划条线，先交为下限，后交为上限。

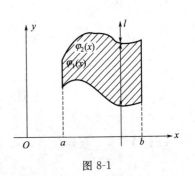

图 8-1

（2）直角坐标系中积分限的确定。

定义域 D：$\begin{cases} a \leqslant x \leqslant b \\ \varphi_1(x) \leqslant y \leqslant \varphi_2(x) \end{cases}$，直线 $l /\!/ y$ 轴，它先与 D 域的边界曲线 $y = \varphi_1(x)$ 相交，$\varphi_1(x)$ 作为积分下限，后为 D 的边界曲线 $y = \varphi_2(x)$ 相交，$\varphi_2(x)$ 作为上限，如图 8-1 所示，故

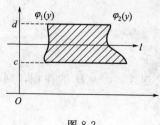

图 8-2

$$\iint\limits_D f(x,y)\mathrm{d}x\mathrm{d}y = \int_a^b \mathrm{d}x \int_{\varphi_1(x)}^{\varphi_2(x)} f(x,y)\mathrm{d}y 。$$

作类似分析，如图 8-2 所示，可得

$$\iint\limits_D f(x,y)\mathrm{d}x\mathrm{d}y = \int_c^d \mathrm{d}y \int_{\varphi_1(y)}^{\varphi_2(y)} f(x,y)\mathrm{d}x 。$$

（3）极坐标系中积分限的确定。

① 当极点 O 在 D 域外边时（如图 8-3 所示）；

② 当极点 O 在 D 域内 ρ 时（如图 8-4 所示）；

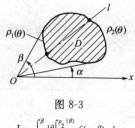

图 8-3

$$I = \int_\alpha^\beta \mathrm{d}\theta \int_{\rho_1(\theta)}^{\rho_2(\theta)} f(\rho,\theta)\rho\mathrm{d}\rho$$

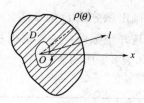

图 8-4

$$I = \int_0^{2\pi} \mathrm{d}\theta \int_0^{\rho(\theta)} f(\rho_2,\theta)\rho\mathrm{d}\rho$$

③ 极点 O 在边界上（如图 8-5 所示）；

④ 极点在环内（如图 8-6 所示）。

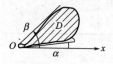

图 8-5

$$I = \int_\alpha^\beta \mathrm{d}\theta \int_0^{\rho(\theta)} f(\rho,\theta)\rho\mathrm{d}\rho$$

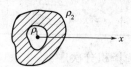

图 8-6

$$I = \int_0^{2\pi} \mathrm{d}\theta \int_{\rho_1(\theta)}^{\rho_2(\theta)} f(\rho,\theta)\rho\mathrm{d}\rho$$

Ⅲ 典型例题解析

【例 1】 求二重积分 $\iint\limits_D 2\mathrm{d}x \cdot \mathrm{d}y$，$D$ 是由直线 $x = 0$、$y = 0$、$x = 2$、$y = 3$ 所

围成的区域（如图 8-7 所示）。

解 $\iint\limits_{D} 2\mathrm{d}x\mathrm{d}y = 2\int_0^2 \mathrm{d}x\int_0^3 \mathrm{d}y = 2\times2\times3 = 12$。

【**例 2**】 设 D：$0\leqslant x\leqslant 1$，$0\leqslant y\leqslant 2$，求
$\iint\limits_{D}\dfrac{y}{1+x}\mathrm{d}x\mathrm{d}y$。

解 $\iint\limits_{D}\dfrac{y}{1+x}\mathrm{d}x\mathrm{d}y = \int_0^1\dfrac{1}{1+x}\mathrm{d}x\int_0^2 y\mathrm{d}y$

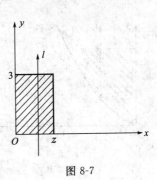

图 8-7

$$= \ln|1+x|\Big|_0^1\times\dfrac{1}{2}y^2\Big|_0^2$$

$$= 2\ln2。$$

【**例 3**】 计算二重积分 $\iint\limits_{D} xy\mathrm{d}x\mathrm{d}y$，$D$：$y=\sqrt{2-x^2}$、$y=x$ 及 $x=0$ 围成的区

域（如图 8-8 所示）。

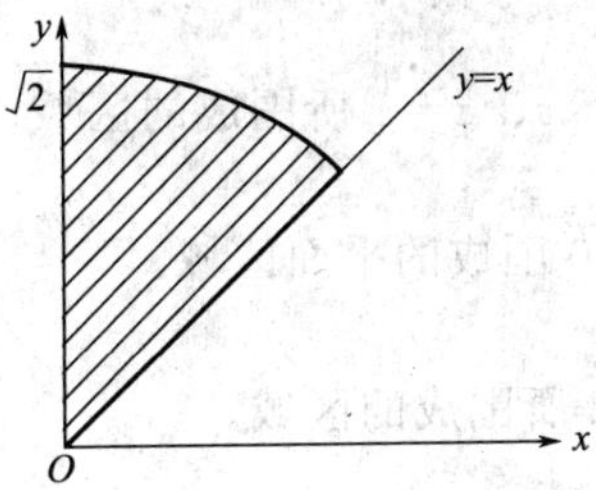

解 选用极坐标计算：$\dfrac{\pi}{4}\leqslant\theta\leqslant\dfrac{\pi}{2}$，$0\leqslant r\leqslant\sqrt{2}$，

$$\iint\limits_{D} xy\mathrm{d}x\mathrm{d}y = \iint\limits_{D} r\cos\theta\cdot r\sin\theta\cdot r\mathrm{d}r\mathrm{d}\theta$$

$$= \int_{\frac{\pi}{4}}^{\frac{\pi}{2}}\cos\theta\sin\theta\mathrm{d}\theta\int_0^{\sqrt{2}} r^3\,\mathrm{d}r$$

$$= \int_{\frac{\pi}{4}}^{\frac{\pi}{2}}\sin\theta\mathrm{d}\sin\theta\times\dfrac{1}{4}r^4\Big|_0^{\sqrt{2}} = \dfrac{1}{2}\sin^2\theta\Big|_{\frac{\pi}{4}}^{\frac{\pi}{2}}$$

$$= \dfrac{1}{2}\left(1-\dfrac{1}{2}\right) = \dfrac{1}{4}。$$

图 8-8

【**例 4**】 计算二重积分 $\iint\limits_{D}\sin^2 x\sin^2 y\mathrm{d}x\mathrm{d}y$，$D$：$0\leqslant x\leqslant\pi$，$0\leqslant y\leqslant\pi$。

解 $\iint\limits_{D}\sin^2 x\sin^2 y\mathrm{d}x\mathrm{d}y = \int_0^{\pi}\mathrm{d}x\int_0^{\pi}\sin^2 x\sin^2 y\mathrm{d}y$

$$= \left(\int_0^{\pi}\sin^2 x\mathrm{d}x\right)^2$$

$$= \left[\int_0^{\pi}\dfrac{1-\cos2x}{2}\mathrm{d}x\right]^2$$

$$= \left[\dfrac{1}{2}x\Big|_0^{\pi} - \dfrac{1}{4}\int_0^{\pi}\cos2x\mathrm{d}2x\right]^2$$

$$= \left[\dfrac{\pi}{2} - \dfrac{1}{4}\sin2x\Big|_0^{\pi}\right]^2 = \dfrac{\pi^2}{4}。$$

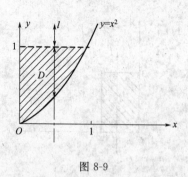

图 8-9

【例 5】 变换积分次序 $\int_0^1 dy \int_0^{\sqrt{y}} e^y f(x) dx$。

解 $\int_0^1 dx \int_{x^2}^1 e^y f(x) dy$。

提示 更换积分次序的解题程序：

（1）由所给累次积分的上下限写出积分域不等式组。

（2）依据不等式组画出积分域 D 的草图（如图 8-9 所示）。

（3）写出新的累次积分。

Ⅳ 练习题

1. 计算二重积分 $\iint\limits_{D} x e^{xy} dx dy$，$D$：$\{(x,y) \mid 0 \leqslant x \leqslant 1, -1 \leqslant y \leqslant 0\}$。

2. 求积分 $\iint\limits_{D} \dfrac{dx dy}{\sqrt{4-x^2-y^2}}$，$D$：$\{(x,y) \mid 0 \leqslant x^2+y^2 \leqslant 2^2, y \geqslant 0\}$。

3. 求积分 $\iint\limits_{D} (x+6y) dx dy$，$D$ 为曲线 $y=x$、$y=5x$、$x=1$ 所围成的区域。

4. $\iint\limits_{D} xy dx dy$，$D$ 为曲线 $y=\sqrt{x}$、$x+y=2$、$y=0$ 围成的平面区域。

5. $\iint\limits_{D} \dfrac{\sin x}{x} dx dy$，$D$ 为曲线 $y=x$、$y=\dfrac{1}{2}x$、$x=2$ 所围成的区域。

6. $\iint\limits_{D} \left(\dfrac{y}{x}\right)^2 dx dy$，$D$ 为曲线 $y=\dfrac{1}{x}$、$y=x$、$y=2$ 所围成的区域。

7. 改变下列二次积分的积分次序：

（1）$\int_0^1 dx \int_x^1 f(x,y) dy$；　　（2）$\int_1^e dx \int_0^{\ln x} f(x,y) dy$；

（3）$\int_0^1 dy \int_{\sqrt{y}}^{2-y} f(x,y) dx$；　（4）$\int_0^1 dx \int_0^x f(x,y) dy + \int_1^2 dx \int_0^{2-x} f(x,y) dy$。

Ⅴ 参考答案

1. $\dfrac{1}{e}$。　**2.** $\sqrt{3}\pi$。　**3.** $\dfrac{76}{3}$。　**4.** $\dfrac{3}{8}$。　**5.** $\dfrac{1}{2}(1-\cos 2)$。　**6.** $\dfrac{9}{4}$。

7.（1）$\int_0^1 dy \int_0^y f(x,y) dx$；　　　　　　　　　（2）$\int_0^1 dy \int_{e^y}^e f(x,y) dx$；

（3）$\int_0^1 dx \int_0^{x^2} f(x,y) dy + \int_1^2 dx \int_0^{2x} f(x,y) dy$；　（4）$\int_0^1 dy \int_y^{2-y} f(x,y) dx$。

第九章　无穷级数

Ⅰ　基本要求

（1）了解级数的收敛与发散，收敛级数的和的概念。

（2）掌握级数的基本性质和级数收敛的必要条件。掌握几何级数及 P 级数的收敛与发散的条件。掌握正项级数收敛性的比较判别和比值判别法。

（3）了解任意项级数绝对收敛与条件收敛的概念及绝对收敛与条件收敛的关系。

（4）掌握交错级数的莱布尼兹判别法。

（5）了解幂级数在其收敛区间的基本性质。会求幂级数的收敛半径、收敛区间及收敛域。会求简单幂级数在其收敛区间内的和函数。

（6）掌握麦克劳林展开式。会用它们将简单函数间接展开为幂函数。

Ⅱ　重点内容

1. 数值级数及其收敛的定义

（1）数值级数：对于一般的无穷多项之和 $\sum\limits_{n=1}^{\infty} a_n = a_1 + a_2 + \cdots + a_n + \cdots$，称无穷级数或数值级数，$a_n$ 为一般项。

（2）部分和：对数值级数 $\sum\limits_{n=1}^{\infty} a_n$ 作前几项和 $s_n = \sum\limits_{k=1}^{n} a_k$，称部分和。

（3）级数收敛：若 $\lim\limits_{n \to \infty} s_n = s$（有限值），记 $\sum\limits_{n=1}^{\infty} a_n = s$。

级数发散：若 $\lim\limits_{n \to \infty} s_n$ 不存在或 $\pm\infty$。

2. 级数的基本性质

（1）$\sum\limits_{n=1}^{\infty} a_n = s$，$c$ 是与 n 无关的常数，则 $\sum\limits_{n=1}^{\infty} ca_n$ 也收敛，且 $\sum\limits_{n=1}^{\infty} ca_n = cs$。

（2）设 $\sum\limits_{n=1}^{\infty} a_n = s_1$，$\sum\limits_{n=1}^{\infty} b_n = s_2$，则 $\sum\limits_{n=1}^{\infty} (a_n \pm b_n)$ 也收敛，且 $\sum\limits_{n=1}^{\infty} (a_n \pm b_n) = s_1 \pm s_2$。

（3）在级数前加上有限项或去掉有限项，不改变级数的敛散性。

(4) 对收敛级数 $\sum\limits_{n=1}^{\infty} a_n = s$ 的项任意加括号，所成的新级数仍收敛且和为 s。

(5) 若 $\sum\limits_{n=1}^{\infty} a_n$ 收敛，则 $\lim\limits_{n\to\infty} a_n = 0$。用逆否命题判别级数发散。

3. 正项级数 $\sum\limits_{n=1}^{\infty} a_n$，$a_n > 0$（$n=1$，2，3，$\cdots$）收敛性判别法

(1) 正项级数 $\sum\limits_{n=1}^{\infty} a_n$ 收敛的充要条件是它的部分和序列有上界。

(2) 比较判别法（设 $\sum\limits_{n=1}^{\infty} a_n$，$\sum\limits_{n=1}^{\infty} b_n$）

① 若 $0 \leqslant a_n \leqslant b_n$，则 $\sum\limits_{n=1}^{\infty} b_n$ 收敛 $\Rightarrow \sum\limits_{n=1}^{\infty} a_n$ 收敛；若 $\sum\limits_{n=1}^{\infty} a_n$ 发散 $\Rightarrow \sum\limits_{n=1}^{\infty} b_n$ 发散。

② 比较法的极限形式。设 $\sum a_n$、$\sum b_n$ 均为正项级数，且 $\lim\limits_{n\to\infty} \dfrac{a_n}{b_n} = A (b_n \neq 0)$。

当 $0 \leqslant A < +\infty$ 且 $\sum b_n$ 收敛，则 $\sum a_n$ 收敛；

当 $0 \leqslant A < +\infty$ 且 $\sum b_n$ 发散，则 $\sum a_n$ 发散；

③ 达朗贝尔（比值）判别法：设 $\sum a_n$ 是正项级数，若

$$\lim_{n\to\infty} \frac{a_{n+1}}{a_n} = \rho = \begin{cases} <1, & \text{收敛} \\ >1, & \text{发散} \end{cases}$$

④ 柯西（根值）判别法：设 $\sum a_n (u_n \geqslant 0)$，$\lim\limits_{n\to\infty} \sqrt[n]{a_n} = \rho = \begin{cases} <1, & \text{收敛} \\ >1, & \text{发散} \end{cases}$

(3) 常用于比较判别法的已知级数：

① 几何级数 $\sum\limits_{n=1}^{\infty} q^n$，$0 \leqslant q < 1$ 时收敛，$q > 1$ 发散。

② p 级数 $\sum\limits_{n=1}^{\infty} \dfrac{1}{n^p}$，$p > 1$ 收敛，$p \leqslant 1$ 发散。

③ 调和级数 $\sum\limits_{n=1}^{\infty} \dfrac{1}{n}$ 发散。

④ $\sum\limits_{n=2}^{\infty} \dfrac{1}{n(\ln n)^p}$，$p > 1$ 收敛，$p \leqslant 1$ 发散。

4. 交错级数

$\sum\limits_{n=1}^{\infty} (-1)^{n-1} a_n$（$a_n > 0$，$n=1$，2，$\cdots$）满足条件：

(1) $a_n > a_{n+1}$，$n=1$，2，$\cdots$；

(2) $\lim\limits_{n\to\infty} a_n = 0$，

则 $\sum\limits_{n=1}^{\infty}(-1)^{n-1}a_n$ 收敛，且余项 $r_n=\sum\limits_{n=k+1}^{\infty}(-1)^{k-1}a_k$ 有估计 $|r_n|\leqslant a_{n+1}$

称莱布尼兹判别法。

5. 任意项级数的绝对收敛判别法：

（1）若 $\sum\limits_{n=1}^{\infty}a_n$ 的各项取绝对值后所组成的级数 $\sum\limits_{n=1}^{\infty}|a_n|$ 收敛，则级数

$\sum\limits_{n=1}^{\infty}a_n$ 收敛。

（2）定义：若 $\sum\limits_{n=1}^{\infty}|a_n|$ 收敛，则称 $\sum\limits_{n=1}^{\infty}a_n$ 绝对收敛；

若 $\sum\limits_{n=1}^{\infty}|a_n|$ 发散，而 $\sum\limits_{n=1}^{\infty}a_n$ 收敛，则称 $\sum\limits_{n=1}^{\infty}a_n$ 条件收敛。

（3）达朗贝尔判别法：对任意项级数 $\sum\limits_{n=1}^{\infty}a_n$，若

① $\lim\limits_{n\to\infty}\dfrac{|a_{n+1}|}{|a_n|}=\rho<1$，则 $\sum\limits_{n=1}^{\infty}a_n$ 绝对收敛，因而 $\sum\limits_{n=1}^{+\infty}a_n$ 收敛；

② $\lim\limits_{n\to\infty}\dfrac{|a_{n+1}|}{|a_n|}=\rho>1$，则 $\sum\limits_{n=1}^{\infty}a_n$ 发散。

（4）柯西判别法：对任意项级数 $\sum\limits_{n=1}^{\infty}a_n$，

设 $\lim\limits_{n\to\infty}\sqrt[n]{|a_n|}=\rho\begin{cases}<1，则 \sum a_n 绝对收敛，因而 \sum a_n 收敛。\\>1，则级数 \sum a_n 发散。\end{cases}$

6. 幂级数收敛域的求法

（1）用比值法（或根值法）求 $\rho(x)$，即 $\lim\limits_{n\to\infty}\left|\dfrac{u_{n+1}(x)}{u_n(x)}\right|=\rho(x)$

或 $\lim\limits_{n\to\infty}\left|\sqrt[n]{u_n(x)}\right|=\rho(x)$。

（2）解不等式 $\rho(x)<1$，求出 $\sum\limits_{n=0}^{\infty}a_nx^n$ 的收敛区间 (a,b)。

（3）考察 $x=a$，$x=b$ 端点时，级数 $\sum a_na^n$ 或 $\sum a_nb^n$ 的敛散性

（4）写出 $\sum\limits_{n=0}^{\infty}a_nx^n$ 的收敛域。

另一种方法确定幂级数的收敛半径：

第一步，若通项系数的分母含有 $n!$（或 $n!!$）的形式，而分子不具有这种形式，那么收敛半径 $R=\infty$；

第二步，若通项系数出现 $n!$（$n!!$）在分子上，则收敛半径 $R=0$；

第三步，若通项系数的分母含有 $a^n(a>0)$ 可以小于 1 或大于 1，而分子不

具有这种形式，那么收敛半径为 a；

第四步，若通项系数不具备上述情况，即不出现 n^n，$n!$，a^n 的形式，那么幂级数的收敛半径为 1。

7. 幂级数的分析性质

(1) 设幂级数 $\sum\limits_{n=1}^{\infty} a_n x^n$ 的收敛半径为 R，则在 $(-R, R)$ 内有

① $\sum\limits_{n=0}^{\infty} a_n x^n$ 的和函数 $f(x)$ 是连续的。

② $\sum\limits_{n=1}^{\infty} a_n x^n$ 可逐项微分，且

$$f'(x) = \left[\sum_{n=0}^{\infty} a_n x^n \right]' = \sum_{n=0}^{\infty} n a_n x^{n-1}, \ x \in (-R, R)。$$

③ $\sum\limits_{n=0}^{\infty} a_n x^n$ 可逐项积分，且

$$\int_0^x f(x) \mathrm{d}x = \int_0^x \left(\sum_{n=0}^{\infty} a_n x^n \right) \mathrm{d}x = \sum_{n=0}^{\infty} \frac{a_n}{n+1} x^{n+1}, \ x \in (-R, R)。$$

(2) 幂级数求和函数

① 求出给定级数的收敛域。

② 通过逐项积分或求导数，将给定的幂级数化为常见函数展开的形式，从而得到新级数的和函数。

③ 对所得到的和函数作逆向运算，便得原幂级数的和函数。

Ⅲ　典型例题解析

【例1】 判别下列级数的敛散性：

(1) $\sum\limits_{n=1}^{\infty} \dfrac{n^3 - 2n + 5}{(2n-1)(2n+1)(2n+3)}$； (2) $\sum\limits_{n=1}^{\infty} \dfrac{3n^n}{(1+n)^n}$。

提示：级数收敛的必要条件，常用于判别级数发散。

解 (1) 因为 $\lim\limits_{n \to \infty} u_n = \lim\limits_{n \to \infty} \dfrac{n^3 - 2n + 5}{(2n-1)(2n+1)(2n+3)} = \dfrac{1}{8} \neq 0$，所以原级数发散。

(2) 因为 $\lim\limits_{n \to \infty} u_n = 3 \lim\limits_{n \to \infty} \dfrac{1}{\left(1 + \dfrac{1}{n}\right)^n} = \dfrac{3}{\mathrm{e}} \neq 0$，所以原级数发散。

【例2】 用定义判别级数

$$\frac{1}{1 \times 6} + \frac{1}{6 \times 11} + \cdots + \frac{1}{(5n-4)(5n+1)} + \cdots 是否收敛。$$

解 先求前 n 项和，

$$S_n = \frac{1}{1 \times 6} + \frac{1}{6 \times 11} + \cdots + \frac{1}{(5n-4)(5n+1)}$$

$$= \frac{1}{5}\left(1 - \frac{1}{6} + \frac{1}{6} - \frac{1}{11} + \cdots + \frac{1}{5n-4} - \frac{1}{5n+1}\right)$$

$$= \frac{1}{5}\left[1 - \frac{1}{5n+1}\right],$$

故 $\lim\limits_{n \to \infty} S_n = \frac{1}{5} < +\infty$，因此原级数收敛。

【**例 3**】 求下列级数的和：

(1) $\left(\frac{1}{5} - \frac{1}{6}\right) + \left(\frac{1}{5^2} - \frac{1}{6^2}\right) + \cdots + \left(\frac{1}{5^n} - \frac{1}{6^n}\right) + \cdots$;

(2) $\frac{1}{2} + \frac{1}{3} + \frac{1}{2^2} + \frac{1}{3^2} + \cdots + \frac{1}{2^n} + \frac{1}{3^n} + \cdots$;

(3) $\frac{1}{2}\ln 2 + \frac{\ln^2 2}{2^2} + \cdots + \frac{\ln^n 2}{2^n} + \cdots$。

解 (1) 求前 n 项和

$$S_n = \left(\frac{1}{5} + \frac{1}{5^2} + \cdots + \frac{1}{5^n}\right) - \left(\frac{1}{6} + \frac{1}{6^2} + \cdots + \frac{1}{6^n}\right) = \frac{\frac{1}{5}\left(1 - \frac{1}{5^n}\right)}{1 - \frac{1}{5}} - \frac{\frac{1}{6}\left(1 - \frac{1}{6^n}\right)}{1 - \frac{1}{6}}$$

$$= \frac{1}{4} - \frac{1}{4 \times 5^n} + \frac{1}{5 \times 6^n} - \frac{1}{5} = \frac{1}{20} - \frac{1}{4 \times 5^n} + \frac{1}{5 \times 6^n},$$

故 $S = \lim\limits_{n \to \infty} S_n = \frac{1}{20}$。

(2) 前 $2n$ 项和

$$S_{2n} = \frac{1}{2} + \frac{1}{3} + \frac{1}{2^2} + \frac{1}{3^2} + \cdots + \frac{1}{2^n} + \frac{1}{3^n}$$

$$= \left(\frac{1}{2} + \frac{1}{2^2} + \cdots + \frac{1}{2^n}\right) + \left(\frac{1}{3} + \frac{1}{3^2} + \cdots + \frac{1}{3^n}\right)$$

$$= \frac{\frac{1}{2}\left(1 - \frac{1}{2^n}\right)}{1 - \frac{1}{2}} + \frac{\frac{1}{3}\left(1 - \frac{1}{3^n}\right)}{1 - \frac{1}{3}} = 1 - \frac{1}{2^n} + \frac{1}{2} - \frac{1}{2 \times 3^n},$$

$$S_{2n-1} = S_{2n} - \frac{1}{3^n} = \frac{3}{2} - \frac{1}{2^n} - \frac{1}{2 \times 3^n} - \frac{1}{3^n},$$

$$S = \lim\limits_{n \to \infty} S_{2n} = \lim\limits_{n \to \infty} S_{2n-1} = \frac{3}{2}。$$

(3) 求前 n 项和，因为 $\frac{\ln 2}{2} < 1$，

$$S_n = \frac{1}{2}\ln 2 + \frac{1}{2^2}\ln^2 2 + \cdots + \frac{\ln^n 2}{2^n} = \frac{\frac{\ln 2}{2}\left(1 - \frac{\ln^n 2}{2^n}\right)}{1 - \frac{\ln 2}{2}} = \frac{\ln 2}{2 - \ln 2}\left(1 - \frac{\ln^2 2}{2^n}\right),$$

$$S = \lim_{n\to\infty} S_n = \frac{\ln 2}{2 - \ln 2}.$$

【例 4】 设级数 $\sum\limits_{n=1}^{\infty} a_n$ 的前 n 项和为 $S_n = \frac{1}{n+1} + \cdots + \frac{1}{n+n}$，求级数的一般项 a_n 及和 S。

解 由和定义可知，

$$a_n = S_n - S_{n-1} = \left(\frac{1}{n+1} + \cdots + \frac{1}{n+n}\right) - \left(\frac{1}{(n-1)+1} + \cdots + \frac{1}{(n-1)+(n-1)}\right)$$

$$= \frac{1}{n+(n-1)} + \frac{1}{n+n} - \frac{1}{(n-1)+1} = \frac{1}{2n-1} + \frac{1}{2n} - \frac{1}{n} = \frac{1}{2n-1} - \frac{1}{2n},$$

即级数为 $\left(1 - \frac{1}{2}\right) + \left(\frac{1}{3} - \frac{1}{4}\right) + \cdots + \left(\frac{1}{2n-1} - \frac{1}{2n}\right) + \cdots$，

和 $S = \lim\limits_{n\to\infty} S_n = \lim\limits_{n\to\infty} \frac{1}{n}\left(\frac{1}{1 + \frac{1}{n}} + \frac{1}{1 + \frac{2}{n}} + \cdots + \frac{1}{1 + \frac{n}{n}}\right) = \int_0^1 \frac{1}{1+x}\,\mathrm{d}x = \ln 2$。

【例 5】 判断级数 $\sum\limits_{n=1}^{\infty} \frac{1}{\sqrt{n+1} + \sqrt{n}}$ 的敛散性。

解 一般项 $u_n = \frac{1}{\sqrt{n+1} + \sqrt{n}} = \sqrt{n+1} - \sqrt{n}$，

$$S_n = (\sqrt{2} - 1) + (\sqrt{3} - \sqrt{2}) + \cdots + (\sqrt{n+1} - \sqrt{n}) = \sqrt{n+1} - 1,$$

$$\lim_{n\to\infty} S_n = \lim_{n\to\infty}(\sqrt{n+1} - 1) = \infty \quad 级数发散。$$

【例 6】 用比较判别法判定下列各级数的敛散性：

(1) $\sum\limits_{n=1}^{\infty} \frac{1}{(2n-1)^2}$；　　　(2) $\sum\limits_{n=1}^{\infty} \frac{(\sin n)^2}{4^n}$；　　　(3) $\sum\limits_{n=1}^{\infty} 2^n \sin \frac{1}{3^n}$。

解 (1) $u_n = \frac{1}{(2n-1)^2}$ 与 $\frac{1}{n^2}$ 为同阶无穷小 $(n \to \infty)$，或 $\frac{1}{(2n-1)^2} < \frac{1}{n^2}$，因为 p 级数 $p = 2$，级数收敛。

(2) $u_n = \frac{(\sin n)^2}{4^n} \leqslant \frac{1}{4^n}$，$\sum\limits_{n=1}^{\infty} \frac{1}{4^n}$ 收敛，由等比级数可知 $|q| = \left|\frac{1}{4}\right| < 1$，故级数收敛。

(3) 当 $n \to \infty$，$\sin \frac{1}{3^n} \sim \frac{1}{3^n}$，$2^n \sin \frac{1}{3^n} < \frac{2^n}{3^n}$，

$$u_n = \left(\frac{2}{3}\right)^n，此等比级数收敛。$$

【例 7】　用比值判别法判定下列各级数的敛散性：

(1) $\displaystyle\sum_{n=1}^{\infty} \frac{1}{(2n+1)!}$；　　　　　　　(2) $\displaystyle\sum_{n=1}^{\infty} \frac{5^n n!}{n^n}$；

(3) $\displaystyle\sum_{n=1}^{\infty} n\sin\frac{1}{2^n}$；　　　　　　　(4) $\displaystyle\sum_{n=1}^{\infty} \frac{(n!)^2}{(2n)!}$。

解　(1) $\displaystyle\lim_{n\to\infty} \frac{u_{n+1}}{u_n} = \lim_{n\to\infty} \frac{(2n+1)!}{(2n+3)!} = \lim_{n\to\infty} \frac{1}{(2n+2)(2n+3)} = 0$，

所以原级数收敛。

(2) $\displaystyle\lim_{n\to\infty} \frac{u_{n+1}}{u_n} = \lim_{n\to\infty} \frac{\dfrac{5^{n+1}(n+1)!}{(n+1)^{n+1}}}{\dfrac{5^n n!}{n^n}} = \lim_{n\to\infty} \frac{5(n+1)}{(n+1)\left(1+\dfrac{1}{n}\right)^n} = \frac{5}{e} > 1$，

根据达朗贝尔比值判别法，该级数发散。

(3) $u_n = n\sin\dfrac{1}{2^n} < \dfrac{n}{2^n}$，$\displaystyle\sum_{n=1}^{\infty} \frac{n}{2^n}$，$\dfrac{u_{n+1}}{u_n} \to \dfrac{1}{2}$ $(n\to\infty)$，

所以原级数收敛。

(4) $\displaystyle\lim_{n\to\infty} \frac{u_{n+1}}{u_n} = \lim_{n\to\infty} \frac{\dfrac{[(n+1)!]^2}{(2n+2)!}}{\dfrac{(n!)^2}{(2n)!}} = \lim_{n\to\infty} \frac{(n+1)^2}{(2n+2)(2n+1)} = \frac{1}{4} < 1$，

故级数收敛。

【例 8】　用根值判别法判定下列各级数的敛散性：

(1) $\displaystyle\sum_{n=1}^{\infty} \left(\frac{n}{3n+1}\right)^n$；　　　　　　(2) $\displaystyle\sum_{n=1}^{\infty} \frac{1}{[\ln(n+1)]^n}$；

(3) $\displaystyle\sum_{n=1}^{\infty} \frac{\left(\dfrac{n+1}{n}\right)^{n^2}}{2^n}$；　　　　　　(4) $\displaystyle\sum_{n=1}^{\infty} \frac{3^n}{1+e^n}$。

解　(1) $\displaystyle\lim_{n\to\infty} \sqrt[n]{u_n} = \lim_{n\to\infty} \frac{n}{3n+1} = \frac{1}{3} < 1$，所以 $\displaystyle\sum_{n=1}^{\infty} \left(\frac{n}{3n+1}\right)^n$ 收敛。

(2) $\displaystyle\lim_{n\to\infty} \sqrt[n]{u_n} = \lim_{n\to\infty} \frac{1}{\ln(n+1)} = 0 < 1$，所以 $\displaystyle\sum_{n=1}^{\infty} \frac{1}{[\ln(n+1)]^2}$ 收敛。

(3) $\displaystyle\lim_{n\to\infty} \sqrt[n]{u_n} = \lim_{n\to\infty} \frac{\left(\dfrac{n+1}{n}\right)^n}{2} = \lim_{n\to\infty} \frac{1}{2}\left(1+\frac{1}{n}\right)^n = \frac{e}{2} > 1$，所以原级数发散。

(4) $\displaystyle\lim_{n\to\infty} \sqrt[n]{u_n} = \lim_{n\to\infty} \frac{3}{e}\cdot\frac{1}{1+\dfrac{1}{e^n}} = \frac{3}{e} > 1$，所以原级数发散。

小结：当项数 $n\to\infty$ 时，如果正项级数的通项与常用无穷小 $\dfrac{1}{\ln n}$，$\dfrac{1}{\sqrt[3]{n}}$，$\dfrac{1}{\sqrt{n}}$，

$\dfrac{1}{n\ln n}$有同阶者，则级数一定发散；如果正项级数的通项与常用无穷小，$\dfrac{1}{n^{100}\sqrt{n}}$，

$\dfrac{1}{n\sqrt{n}}$，$\dfrac{1}{n^2}$，$\dfrac{n^2}{a^n}(a>1)$，$\dfrac{1}{a^n}$，$\dfrac{a^n}{n!}$，$\dfrac{n^2}{n!}$，$\dfrac{1}{n^n}$，$\dfrac{n!}{n^n}$，$\dfrac{1}{n^n}$有同阶者，则级数一定收敛。

譬如，级数$\displaystyle\sum_{n=1}^{\infty}\dfrac{(1000)^n}{n!}$，因为$\displaystyle\sum_{n=1}^{\infty}\dfrac{a^n}{n!}$收敛，故级数收敛。

【例9】 下列级数哪些是绝对收敛的？哪些是条件收敛的？

(1) $\displaystyle\sum_{n=1}^{\infty}(-1)^{n+1}\dfrac{1}{\sqrt{n}}$;　　　　　　(2) $\displaystyle\sum_{n=1}^{\infty}(-1)^{n+1}\dfrac{1}{(2n-1)^2}$;

(3) $\displaystyle\sum_{n=1}^{\infty}(-1)^{n-1}\sin\dfrac{1}{n^2}$;　　　　　(4) $\displaystyle\sum_{n=1}^{\infty}\dfrac{(-1)^n}{n+a}$;

(5) $\displaystyle\sum_{n=1}^{\infty}(-1)^n\dfrac{(n+2)}{(n+1)}\dfrac{1}{\sqrt{n}}$;　　　(6) $\displaystyle\sum_{n=1}^{\infty}(-1)^{n-1}\dfrac{\ln n}{n}$。

解 (1) $|u_n|=\dfrac{1}{\sqrt{n}}$，$\displaystyle\sum_{n=1}^{\infty}\dfrac{1}{\sqrt{n}}$发散，但原级数满足莱布尼兹判别法三条件所以条件收敛。

(2) $|u_n|=\dfrac{1}{(2n-1)^2}$，$\displaystyle\sum_{n=1}^{\infty}\dfrac{1}{(2n-1)^2}$收敛，所以原级数绝对收敛。

(3) $|u_n|=\sin\dfrac{1}{n^2}<\dfrac{1}{n^2}$，所以$\displaystyle\sum_{n=1}^{\infty}\sin\dfrac{1}{n^2}$收敛，原级数绝对收敛。

(4) $|u_n|=\dfrac{1}{|n+a|}$，$\displaystyle\sum_{n=1}^{\infty}\dfrac{1}{|n+a|}$发散，所以原级数不是绝对收敛，但原级数满足莱布尼兹判别法，故条件收敛。

(5) 当$n\to\infty$，$\dfrac{n+2}{n+1}\cdot\dfrac{1}{\sqrt{n}}\sim\dfrac{1}{\sqrt{n}}$等价，因为$\displaystyle\sum\dfrac{1}{\sqrt{n}}$发散，作为交错级数收敛，故原级数是条件收敛。

(6) $\displaystyle\sum_{n=1}^{\infty}(-1)^n\dfrac{\ln n}{n}$，$|u_n|=\dfrac{\ln n}{n}<\dfrac{\sqrt{n}}{n}=\dfrac{1}{\sqrt{n}}$是$p$级数$p=\dfrac{1}{2}$发散作为调和交错级数，原级数条件收敛。

【例10】 求下列各幂级数的收敛半径和收敛区域：

(1) $\displaystyle\sum_{n=1}^{\infty}nx^n$;　　　(2) $\displaystyle\sum_{n=1}^{\infty}2^n x^n$;　　　(3) $\displaystyle\sum_{n=1}^{\infty}\dfrac{x^n}{n\cdot3^n}$;

(4) $\displaystyle\sum_{n=1}^{\infty}(-1)^n\dfrac{x^{2n+1}}{2n+1}$;　　　　(5) $\displaystyle\sum_{n=1}^{\infty}(-1)^{n-1}\dfrac{(x+1)^n}{n}$。

解 (1) $\displaystyle\lim_{n\to\infty}\left|\dfrac{a_{n+1}}{a_n}\right|=1$，$R=1$，

当 $x=-1$，$\sum\limits_{n=1}^{\infty}(-1)^n n$ 发散；$x=1$ 时，$\sum\limits_{n=1}^{\infty}n$ 发散。

收敛区间 $(-1,1)$。

(2) $\sum\limits_{n=1}^{\infty}2^n x^n=\sum\limits_{n=1}^{\infty}\dfrac{x^n}{\left(\frac{1}{2}\right)^n}$，$R=\dfrac{1}{2}$ 或 $\lim\limits_{n\to\infty}\left|\dfrac{a_{n+1}}{a_n}\right|=2$，$R=\dfrac{1}{2}$。

当 $x=-\dfrac{1}{2}$，$\sum\limits_{n=1}^{\infty}(-1)^n$ 发散；当 $x=\dfrac{1}{2}$，$\sum\limits_{n=1}^{\infty}1$ 发散。

所以收敛区间 $\left(-\dfrac{1}{2},\dfrac{1}{2}\right)$。

(3) $\sum\limits_{n=1}^{\infty}\dfrac{x^n}{n\cdot 3^n}$，$R=3$ 或 $\lim\limits_{n\to\infty}\left|\dfrac{a_{n+1}}{a_n}\right|=\dfrac{1}{3}$，$R=3$。

当 $x=-3$ 时，$\sum\limits_{n=1}^{\infty}\dfrac{(-1)^n}{n}$ 收敛；$x=3$，$\sum\limits_{n=1}^{\infty}\dfrac{1}{n}$ 发散。

所以收敛区间 $[-3,3)$。

(4) $\sum\limits_{n=1}^{\infty}(-1)^n\dfrac{x^{2n+1}}{2n+1}=x\sum\limits_{n=1}^{\infty}\dfrac{(-1)^n x^{2n}}{2n+1}$，令 $x^2=t$，则 $\sum\limits_{n=1}^{\infty}\dfrac{(-1)^n x^{2n}}{2n+1}=$

$\sum\limits_{n=1}^{\infty}\dfrac{(-1)^n t^n}{2n+1}$，对 t 变量，$R_t=1$ 或 $\sum\limits_{n=1}^{\infty}\left|\dfrac{a_{n+1}}{a_n}\right|=1$，$R_t=1$。

当 $t=-1$ 时，$\sum\limits_{n=1}^{\infty}\dfrac{1}{2n+1}$ 发散；$t=1$ 时，$\sum\limits_{n=1}^{\infty}\dfrac{(-1)^n}{2n+1}$ 收敛。

所以 $-1\leqslant t\leqslant 1$，即 $-1<x^2\leqslant 1$，$-1<x\leqslant 1$ 为收敛区间。

(5) 令 $x+1=t$，则原式 $=\sum\limits_{n=1}^{\infty}\dfrac{(-1)^{n-1}t^n}{n}$，$R_t=1$ 或 $\lim\limits_{n\to\infty}\left|\dfrac{a_{n+1}}{a_n}\right|=1$，$R_t=1$。

当 $t=-1$，$\sum\limits_{n=1}^{\infty}-\dfrac{1}{n}$ 发散；$t=1$，$\sum\limits_{n=1}^{\infty}\dfrac{(-1)^{n-1}}{n}$ 收敛。

$-1<t\leqslant 1$，即 $-1<x+1\leqslant 1$，$-2<x\leqslant 0$，原级数收敛区间 $(-2,0]$。

【例 11】 求下列幂级数的收敛域及和函数：

(1) $\sum\limits_{n=1}^{\infty}nx^{n-1}$；　　　　　　(2) $\sum\limits_{n=1}^{\infty}(-1)^{n-1}nx^{n-1}$；

(3) $\sum\limits_{n=1}^{\infty}\dfrac{x^{4n+1}}{4n+1}$；　　　　　　(4) $\sum\limits_{n=1}^{\infty}\dfrac{x^{n+1}}{n(n+1)}$。

解 (1) 先求收敛半径，$\lim\limits_{n\to\infty}\left|\dfrac{a_{n+1}}{a_n}\right|=1$，$R=1$。

当 $x=-1$，$\sum\limits_{n=1}^{\infty}(-1)^{n-1}n$ 发散；当 $x=1$，$\sum\limits_{n=1}^{\infty}n$ 发散。

收敛域 $(-1,1)$。

再求和函数，设 $s(x) = \sum\limits_{n=1}^{\infty} n x^{n-1}$，则

$$\int_0^x s(x)\,\mathrm{d}x = \sum_{n=1}^{\infty}\int_0^x n x^{n-1}\,\mathrm{d}x = \sum_{n=1}^{\infty} x^n = \frac{x}{1-x}, \quad [-1, \ +1),$$

求导数

$$s(x) = \sum_{n=1}^{\infty} n x^{n-1} = \left(\frac{x}{1-x}\right)' = \frac{1}{(1-x)^2}, \quad (-1, \ +1)。$$

(2) 收敛半径 $R=1$，收敛域 $(-1, \ +1)$，

设 $s(x) = \sum\limits_{n=1}^{\infty}(-1)^{n-1} n x^{n-1}$，则

$$\int_0^x s(x)\,\mathrm{d}x = \sum_{n=1}^{\infty}(-1)^{n-1} x^n = \frac{1}{1+x},$$

求导数 $s'(x) = \left(\dfrac{1}{1+x}\right)' = \dfrac{-1}{1+x^2}, \quad (-1, \ 1)。$

(3) 设 $s(x) = \sum\limits_{n=1}^{\infty}\dfrac{x^{4n+1}}{4n+1}$，

则 $s'(x) = \sum\limits_{n=1}^{\infty} x^{4n} = \dfrac{x^4}{1-x^4}, \quad (-1, \ +1)$，

积分 $s(x) = \displaystyle\int_0^x \frac{x^4}{1-x^4}\,\mathrm{d}x = \int_0^x \frac{-(x^4-1+1)}{x^4-1}\,\mathrm{d}x$

$$= -x - \frac{1}{2}\int_0^x\left(\frac{1}{x^2-1} - \frac{1}{x^2+1}\right)\mathrm{d}x$$

$$= -x - \frac{1}{4}\ln\left|\frac{x-1}{x+1}\right| + \frac{1}{2}\arctan x, \quad (-1 < x < 1)。$$

(4) 收敛半径 R，$\lim\limits_{n\to\infty}\left|\dfrac{a_{n+1}}{a_n}\right| = 1$，$R=1$。

当 $x=-1$，$\sum\limits_{n=1}^{\infty}\dfrac{(-1)^{n+1}}{n(n+1)}$ 收敛；当 $x=1$，$\sum\limits_{n=1}^{\infty}\dfrac{1}{n(n+1)}$ 收敛。

收敛区域 $-1 \leqslant x \leqslant 1$。

设 $s(x) = \sum\limits_{n=1}^{\infty}\dfrac{x^{n+1}}{n(n+1)}$，则 $s'(x) = \sum\limits_{n=1}^{\infty}\dfrac{1}{n}x^n$，

$s''(x) = \sum\limits_{n=1}^{\infty} x^{n-1} = \dfrac{1}{1-x}, \quad |x| \leqslant 1$，

$s'(x) = \displaystyle\int_0^x \frac{1}{1-x}\,\mathrm{d}x = -\ln(1-x)$，

$s(x) = -\displaystyle\int_0^x \ln(1-x)\,\mathrm{d}x = -x\ln(1-x) + \int_0^x \frac{-x}{1-x}\,\mathrm{d}x$，

$$= -x\ln(1-x) + x + \ln(x-1) = (1-x)\ln(1-x) + x, \quad |x| \leqslant 1。$$

和函数成立的收敛域 $[-1, \ 1]$。

【**例 12**】 将函数 $f(x) = \dfrac{1}{3-x}$ 在 $(-3, 3)$ 内展开为 x 的幂级数。

解 $\dfrac{1}{3-x} = \dfrac{1}{3} \times \dfrac{1}{1 - \dfrac{x}{3}} = \dfrac{1}{3} \sum_{n=0}^{\infty} \left(\dfrac{x}{3}\right)^n = \sum_{n=0}^{\infty} \dfrac{x^n}{3^{n+1}}$。

Ⅳ 练习题

1. 选择题

(1) 若级数 $\sum\limits_{n=1}^{\infty} u_n$ 发散，则 $\sum\limits_{n=1}^{\infty} a u_n (a \neq 0)$ _____。

A. 一定发散   B. 可能收敛，也可能发散

C. $a > 0$ 时收敛，$a < 0$ 时发散   D. $|a| < 1$ 时收敛，$|a| > 1$ 时发散

(2) 利用级数收敛时其一般项必趋于零的性质，指出下面哪个级数一定发散_____。

A. $\sum\limits_{n=1}^{\infty} \sin \dfrac{\pi}{3^n}$ B. $\sum\limits_{n=1}^{\infty} \dfrac{n 2^n}{3^n}$

C. $\sum\limits_{n=1}^{\infty} \arctan \dfrac{1}{n^2}$ D. $1 - \dfrac{3}{2} + \dfrac{4}{3} + \cdots + (-1)^{n+1} \dfrac{n+1}{n} + \cdots$

(3) 若 $\lim\limits_{n \to \infty} u_n = 0$，则级数 $\sum\limits_{n=1}^{\infty} u_n$ _____。

A. 一定收敛   B. 一定发散

C. 一定条件收敛   D. 可能收敛，也可能发散

(4) 级数 $\sum\limits_{n=1}^{\infty} u_n$ 收敛，则必有_____。

A. $\sum\limits_{n=1}^{\infty} (u_{2n-1} + u_{2n})$ 收敛   B. $\sum\limits_{n=1}^{\infty} k u_n$ 收敛 $(k \neq 0)$

C. $\sum\limits_{n=1}^{\infty} |u_n|$ 收敛   D. $\lim\limits_{n \to \infty} u_n = 0$

(5) 当_____时，级数 $\sum\limits_{n=1}^{\infty} \dfrac{a}{q^n}$ 收敛（a 为常数）。

A. $q < 1$ B. $|q| < 1$ C. $q < -1$ D. $|q| > 1$

(6) 若级数 $\sum\limits_{n=1}^{\infty} u_n$ 收敛，那么下列级数收敛的有_____。

A. $\sum\limits_{n=1}^{\infty} 100 u_n$ B. $\sum\limits_{n=1}^{\infty} (u_n + 100)$

C. $\displaystyle\sum_{n=1}^{\infty} u_{n+100}$ D. $\displaystyle\sum_{n=1}^{\infty} \dfrac{100}{u_n}$

(7) 当_____时，无穷级数 $\displaystyle\sum_{n=1}^{\infty} (-1)^n u_n (u_n>0)$ 收敛。

A. $u_{n+1} \leqslant u_n \ (n=1, 2, \cdots)$ B. $\displaystyle\lim_{n\to\infty} u_n = 0$

C. $u_{n+1} \leqslant u_n \ (n=1, 2, \cdots)$ 且 $\displaystyle\lim_{n\to\infty} u_n = 0$ D. $\displaystyle\sum_{n=1}^{\infty} u_n$ 收敛

(8) 级数 $\displaystyle\sum_{n=1}^{\infty} u_n$ 收敛的充要条件是_____。

A. $\displaystyle\lim_{n\to\infty} u_n = 0$ B. $\displaystyle\lim_{n\to\infty} \dfrac{u_{n+1}}{u_n} = e < 1$

C. $\displaystyle\lim_{n\to\infty} S_n$ 存在   D. $u_n \leqslant \dfrac{1}{n^2}$

(9) 级数 $\displaystyle\sum_{n=1}^{\infty} \dfrac{2^n}{n+2} x^n$ 的收敛半径 $R=$_____。

A. 1   B. 2   C. $\dfrac{1}{2}$ D. ∞

(10) 幂级数 $\displaystyle\sum_{n=1}^{\infty} \dfrac{x^n}{n!}$ 在 $(-\infty, +\infty)$ 内的和函数 $s(x)=$_____。

A. $e^x - 1$ B. e^x C. $e^x + 1$ D. e^{-x}

2. 判断下列级数的敛散性：

(1) $\displaystyle\sum_{n=1}^{\infty} \left(\dfrac{1}{3n} + \ln\dfrac{1}{n}\right)$;   (2) $\displaystyle\sum_{n=1}^{\infty} \dfrac{1}{[4+(-1)^n]^n}$;

(3) $\displaystyle\sum_{n=1}^{\infty} \sin\dfrac{n}{6}\pi$;   (4) $\displaystyle\sum_{n=1}^{\infty} (-1)^{n+1} \dfrac{1}{1+\ln n}$;

(5) $\displaystyle\sum_{n=1}^{\infty} \dfrac{a^n}{n^3}$;   (6) $\displaystyle\sum_{n=1}^{\infty} n\ln\left(1+\dfrac{1}{n}\right)$;

(7) $\displaystyle\sum_{n=1}^{\infty} (-1)^n \dfrac{x^n}{n}$。

3. 确定下列幂级数的收敛半径与收敛区域：

(1) $\displaystyle\sum_{n=1}^{\infty} \dfrac{x^n}{n(n+1)}$;   (2) $\displaystyle\sum_{n=1}^{\infty} \dfrac{(x-3)^n}{n\cdot 3^n}$;

(3) $\displaystyle\sum_{n=1}^{\infty} \dfrac{(2x+1)^n}{n}$;   (4) $\displaystyle\sum_{n=1}^{\infty} \dfrac{2n-1}{2^n} x^{2n-2}$;

(5) $\displaystyle\sum_{n=1}^{\infty} \dfrac{x^n}{n^p}$ (p 为常数);   (6) $\displaystyle\sum_{n=1}^{\infty} (1+\sqrt{2}+\sqrt{3}+\cdots+\sqrt{n}) x^n$。

4. 求级数 $x-\dfrac{1}{3}x^3+\dfrac{1}{5}x^5-\dfrac{1}{7}x^7+\cdots=\sum\limits_{n=1}^{\infty}(-1)^{n-1}\dfrac{x^{2n-1}}{2n-1}$ 的收敛区间，并求和函数 $s(x)$。

V 参考答案

1. 选择题

(1) A；(2) D；(3) D；(4) A，B，D；(5) C，D；(6) A，C；(7) C，D；(8) C；(9) C；(10) A。

2. (1) 发散；(2) 收敛；(3) 发散；(4) 条件收敛；(5) 当 $|a|<1$ 时，收敛；$|a|=1$ 时，收敛，$|a|>1$ 时，发散；(6) 发散；(7) 当 $0\leqslant x\leqslant1$，收敛；$-1<x<0$，级数绝对收敛；x 取其他值，该级数发散。

3. (1) $R=1$，收敛区间 $[-1,1]$；(2) $R=3$，收敛区间 $(0,6)$；

(3) $R=1$，收敛区间 $[-1,0]$；(4) $R=2$，收敛区间 $(-\sqrt{2},\sqrt{2})$；

(5) $R=1$，当 $p>1$，收敛区间 $[-1,1]$；当 $0<p\leqslant1$ 时，$[-1,1]$；当 $p\leqslant0$，$(-1,1)$；(6) $R=1$，收敛区间 $(-1,1)$。

参考解法，$\lim\limits_{n\to\infty}\left|\dfrac{a_{n+1}}{a_n}\right|=\lim\limits_{n\to\infty}\dfrac{1+\sqrt{2}+\sqrt{3}+\cdots+\sqrt{n}+\sqrt{n+1}}{1+\sqrt{2}+\sqrt{3}+\cdots+\sqrt{n}}$

$\qquad\qquad\qquad\qquad=\lim\limits_{n\to\infty}\left[1+\dfrac{\sqrt{n+1}}{1+\sqrt{2}+\sqrt{3}+\cdots+\sqrt{n}}\right]$，

考虑 $0<\dfrac{\sqrt{n+1}}{1+\sqrt{2}+\sqrt{3}+\cdots+\sqrt{n}}\leqslant\dfrac{\sqrt{n+1}}{n}$，

$\lim\limits_{n\to\infty}0=0$，$\lim\limits_{n\to\infty}\dfrac{\sqrt{n+1}}{n}=0$，

由极限存在夹逼准则可知：$\lim\limits_{n\to\infty}\dfrac{\sqrt{n+1}}{1+\sqrt{2}+\sqrt{3}+\cdots+\sqrt{n}}=0$，

所以，$\lim\limits_{n\to\infty}\left[1+\dfrac{\sqrt{n+1}}{1+\sqrt{2}+\sqrt{3}+\cdots+\sqrt{n}}\right]=1$，收敛半径 $R=1$。

当 $x=-1$，$\sum\limits_{n=1}^{\infty}(-1)^n(1+\sqrt{2}+\sqrt{3}+\cdots+\sqrt{n})$ 发散；

当 $x=1$，$\sum\limits_{n=1}^{\infty}(1+\sqrt{2}+\sqrt{3}+\cdots+\sqrt{n})$ 发散，

故级数收敛域 $(-1,1)$。

4. 参考解法 $\lim\limits_{n\to\infty}\left|\dfrac{2n-1}{2n+1}x^2\right|=|x^2|$，要求 $x^2<1$ 幂级数收敛。

故收敛半径为 $R=1$。

当 $x=-1$，级数为 $-1+\dfrac{1}{3}-\dfrac{1}{5}+\dfrac{1}{7}\cdots$ 收敛；

当 $x=1$，级数为 $1-\dfrac{1}{3}+\dfrac{1}{5}-\dfrac{1}{7}\cdots$ 收敛；

幂级数收敛区间 $[-1, 1]$。

设和函数 $s=\displaystyle\sum_{n=1}^{\infty}(-1)^{n-1}\dfrac{x^{2n-1}}{2n-1}$，

对 x 两边求导数　　$s'(x)=1-x^2+x^4-x^6+\cdots$，

当 $x^2<1$ 时，有 $1-x^2+x^4-x^6+\cdots=\dfrac{1}{1+x^2}$，所以 $s'(x)=\dfrac{1}{1+x^2}$ $(x^2<1)$，

对上式积分

$$s(x)=\int_0^x\frac{1}{1+x^2}\mathrm{d}x=\arctan x\,\Big|_0^x=\arctan x,\quad [-1,1]。$$

第十章 常微分方程

Ⅰ 基本要求

（1）了解微分方程及其阶、解、通解、初始条件、特解等概念。

（2）掌握变量可分离的微分方程、齐次微分方程和一阶线性微分方程的求解方法。

（3）会解二阶常系数齐次线性微分方程。

（4）会解自由项为多项式，指数函数，正弦函数，余弦函数的二阶常系数非齐次线性微分方程。

（5）会应用微分方程求解简单的经济应用问题。

Ⅱ 重点内容

1. 微分方程的有关概念

（1）微分方程：含有未知函数的导数或微分的方程。

（2）微分方程的阶：微分方程中出现的各阶导数的最高阶数。

（3）微分方程的解：代入微分方程，使其成为恒等式的函数；含任意常数的个数等于微分方程的阶数的解称通解；给通解中任意常数以确定值的解称特解；确定通解中任意常数的条件称初始条件。

2. 变量可分离的一阶微分方程

形如 $\dfrac{\mathrm{d}y}{\mathrm{d}x} = f(x)g(x)$ 的方程称变量可分离的一阶微分方程。

形如 $\dfrac{\mathrm{d}y}{\mathrm{d}x} = \varphi\left(\dfrac{y}{x}\right)$ 的微分方程称一阶齐次方程。可以转化为变量可分离的微分方程，必须作代换 $u = \dfrac{y}{x}$ 解出 x、u 的方程，再将 $u = \dfrac{y}{x}$ 代回。

3. 一阶线性微分方程

形如 $\dfrac{\mathrm{d}y}{\mathrm{d}x} + P(x)y = Q(x)$ 的微分方程称一阶线性微分方程，当 $Q(x) = 0$ 时，称线性齐次微分方程；否则称线性非齐次微分方程，解法有常数变易法和公式法。

公式 $y = \mathrm{e}^{-\int P(x)\mathrm{d}x}\left[\int Q(x)\mathrm{e}^{\int P(x)\mathrm{d}x}\mathrm{d}x + c\right]$。

4. 可降阶的二阶微分方程

(1) 形如 $y''=f(x,y')$ 方程，求解时作 $y'=p(x)$ 代换，解两次一阶微分方程，即可得到通解。

(2) 形如 $y''=f(y',y)$ 方程，求解时作 $y'=p(y)$ 代换，解两次一阶微分方程，即可得到通解。

5. 常系数二阶线性微分方程

形如 $y''+py'+gy=f(x)$ 的方程（p、g 为常数），

(1) 当 $f(x)=0$ 时，方程称常系数二阶线性齐次微分方程。

解法：写出特征方程 $\lambda^2+p\lambda+g=0$，由特征方程的根，直接写出通解，如表 10-1 所示。

表 10-1

特 征 方 程	特 征 根	通 解 形 式
$\lambda^2+p\lambda+g=0$	相异实根 λ_1,λ_2	$y=C_1e^{\lambda_1 x}+C_2e^{\lambda_2 x}$
	相同实根	$y=(C_1+C_2x)e^{\lambda x}$
	$\lambda_1=\alpha+i\beta,\ \lambda_2=\alpha-i\beta$	$y=e^{\alpha x}(C_1\cos\beta x+C_2\sin\beta x)$

(2) 当 $f(x)\neq0$ 时，方程叫常系数二阶线性非齐次微分方程。这类方程通解的结构是：用相应齐次方程的通解加非齐次方程的一个特解 $y=y_c+y^*$。式中，y_c 是齐次通解，y^* 是非齐次特解。待定特解所设形式与 $f(x)$ 有关，与齐次方程特征根的情形有关。

特解所设形式如表 10-2 所示。

表 10-2

序号	$f(x)$ 的形式	特征根的形式	待定特解形式
Ⅰ	m 次多项式 $P_m(x):a_0$ $+a_1x+\cdots+a_mx^m$	0 不是特征根 $g\neq0$	m 次多项式 $Q_m(x):b_0+b_1x+\cdots+b_mx^m$
		0 是一重特征根 $g=0,p\neq0$	$xQ_m(x)$
		0 是二重特征根 $g=p=0$	$x^2Q_m(x)$
Ⅱ	$e^{\alpha x}P_m(x)$	α 不是特征根	$e^{\alpha x}Q_m(x)$
		α 是一重特征根	$xe^{\alpha x}Q_m(x)$
		α 是二重特征根	$x^2e^{\alpha x}Q_m(x)$
Ⅲ	$A\cos\beta x+B\sin\beta x$	$\pm i\beta$ 不是特征根	$a\cos\beta x+b\sin\beta x$
		$\pm i\beta$ 是特征根	$x(a\cos\beta x+b\sin\beta x)$
Ⅳ	$e^{\alpha x}(A\cos\beta x+B\sin\beta x)$	$\alpha\pm i\beta$ 不是特征根	$e^{\alpha x}(a\cos\beta x+b\sin\beta x)$
		$\alpha\pm i\beta$ 是特征根	$xe^{\alpha x}(a\cos\beta x+b\sin\beta x)$

6. 微分方程在经济学中的某些应用

(1) Rofertson 增长律问题；(2) 市场价格动态问题。

Ⅲ 典型例题解析

【例1】 指出下列各微分方程的变量，未知函数和方程的阶数：

(1) $x^2\mathrm{d}y+y^2\mathrm{d}x=0$，自变量 x，未知函数 y，1 阶微分方程。

(2) $t(x')^2-2tx'+t=0$，自变量 t，未知函数 x，1 阶微分方程。

(3) $y^{(5)}-2y^{(3)}+y'+2y=0$，自变量 x，未知函数 y，5 阶微分方程。

【例2】 求下列方程的通解：

(1) $x(y^2+1)\mathrm{d}x+y(1-x^2)\mathrm{d}y$；　　　(2) $x\dfrac{\mathrm{d}y}{\mathrm{d}x}=y(\ln y-\ln x)$。

解 (1) $\dfrac{y}{1+y^2}\mathrm{d}y=\dfrac{x}{x^2-1}\mathrm{d}x$，积分得 $\dfrac{1}{2}\ln(1+y^2)=\dfrac{1}{2}\ln(x^2-1)+\dfrac{1}{2}\ln C$，

$\ln\dfrac{1+y^2}{x^2-1}=\ln C$，$\dfrac{1+y^2}{x^2-1}=C$。

(2) $x\dfrac{\mathrm{d}y}{\mathrm{d}x}=y\ln\dfrac{y}{x}$，$\dfrac{\mathrm{d}y}{\mathrm{d}x}=\dfrac{y}{x}\ln\dfrac{y}{x}$，令 $\dfrac{y}{x}=u$，

将 $y=ux$，$y'=u+x\dfrac{\mathrm{d}y}{\mathrm{d}x}$ 代入，得

$x\dfrac{\mathrm{d}u}{\mathrm{d}x}=u\ln u-u=u(\ln u-1)$，

$\dfrac{1}{u(\ln u-1)}\mathrm{d}u=\dfrac{1}{x}\mathrm{d}x$，积分得 $\displaystyle\int\dfrac{\mathrm{d}u}{u(\ln u-1)}=\int\dfrac{1}{x}\mathrm{d}x$，

$\ln(\ln u-1)=\ln Cx$，$\ln u-1=Cx$，

$\dfrac{y}{x}=\mathrm{e}^{Cx+1}$，$y=x\mathrm{e}^{Cx+1}$。

【例3】 求下列方程的特解

$(y+3)\mathrm{d}x+\cot x\mathrm{d}y=0$，$y|_{x=0}=1$。

解 $\dfrac{1}{y+3}\mathrm{d}y=-\tan x\mathrm{d}x$，

积分 $\displaystyle\int\dfrac{1}{y+3}\mathrm{d}y=-\int\tan x\mathrm{d}x$，

$\ln(y+3)=\ln(C\cdot\cos x)$，

$y+3=C\cdot\cos x$，$y=C\cdot\cos x-3$，

由 $y|_{x=0}=1$，得 $C=4$，

特解 $y=4\cos x-3$。

【例4】 求 $y'-y=\cos x$ 的通解。

解 $y=\mathrm{e}^{\int\mathrm{d}x}\left[\int\cos x\mathrm{e}^{-\int\mathrm{d}x}\mathrm{d}x+C\right]=\mathrm{e}^x\left[C-\int\cos x\mathrm{d}x\right]$，

$$y = e^x \left[Ce^{-x}\cos x + \int e^x(-\sin x)\,dx \right]$$

$$= e^x \left[C - \frac{1}{2}(e^{-x}\cos x - e^{-x}\sin x) \right] = Ce^x - \frac{1}{2}(\cos x - \sin x)。$$

【例 5】 求 $\dfrac{dy}{dx} = \dfrac{1}{\cos x} - y\tan x$ 的通解。

解 $y = e^{-\int \tan x\,dx}\left(C + \int \dfrac{1}{\cos x} e^{\int \tan x}\,dx \right)$,

$y = \cos x\left[C + \int \sec^2 x\,dx \right] = \cos x(C + \tan x)。$

【例 6】 求方程 $y'' = (y')^2 + 1$ 的通解。

解 不显含 y,设 $y' = p$,则 $y'' = p'$,$p' = p^2 + 1$,

$\dfrac{dp}{1+p^2} = dx$,$\arctan p = x + C$,

$p = \tan(x + C_1)$,$\dfrac{dy}{dx} = \tan(x + C_1)$,

$y = -\ln|\cos(x + C_1)| + C_2。$

【例 7】 求 $y^3 y'' + 1 = 0$,$y|_{x=1} = 1$,$y'|_{x=0} = 0$ 的特解。

解 $y'' = -y^{-3}$ 不显含 x,设 $y' = p(y)$,

则 $\dfrac{d^2 y}{dx^2} = \dfrac{dp}{dy} \cdot \dfrac{dy}{dx} = p\dfrac{dp}{dy}$,

$p \cdot \dfrac{dp}{dy} = -y^{-3}$,$p\,dp = -y^{-3}\,dy$,$\int p\,dp = -\int y^{-3}\,dy$,

$\dfrac{1}{2}p^2 = \dfrac{1}{2}y^{-2} + C$,$p^2 = y^{-2} + C_1$,

由 $y|_{x=1} = 1$,$y'|_{x=1} = 0$,$0^2 = 1 + C_1$,$C_1 = -1$,

$p^2 = y^{-2} - 1 = \dfrac{1}{y^2}(1 - y^2)$,所以 $p = \pm\dfrac{1}{y}\sqrt{1 - y^2}$,

分离变量 $\dfrac{y\,dy}{\sqrt{1-y^2}} = \pm dx$,

积分 $\int \dfrac{y\,dy}{\sqrt{1-y^2}} = \pm\int dx$,$-\sqrt{1-y^2} = \pm x + C_2$,

由 $y|_{x=1} = 1$,求 C_2,$C_2 = \pm 1$,

所以 $-\sqrt{1-y^2} = \pm(x-1)$,$1 - y^2 = (x-1)^2$,

即 $(x-1)^2 + y^2 = 1$。

【例 8】 求二阶齐次方程通解

(1) $\dfrac{d^2 y}{dt^2} - 2\dfrac{dy}{dt} + 5y = 0$; (2) $3\dfrac{d^2 y}{dx^2} - 2\dfrac{dy}{dx} = 0$;

(3) $\dfrac{d^2 y}{dx^2} + 4\dfrac{dy}{dx} + 3y = 0$; (4) $y'' + 25y = 0$。

解 （1）特征方程 $\lambda^2-2\lambda+5=0$，

$$\lambda=\frac{2\pm\sqrt{-16}}{2}=1\pm2\mathrm{i},$$

通解 $y=\mathrm{e}^t[C_1\cos2t+C_2\sin2t]$。

（2）特征方程 $3\lambda^2-2\lambda=0$，$\lambda_1=0$，$\lambda_2=\dfrac{2}{3}$，

通解 $y=C_1+C_2\mathrm{e}^{\frac{2}{3}x}$。

（3）特征方程 $\lambda^2+4\lambda+3=0$，$\lambda_1=-1$，$\lambda_2=-3$，

通解 $y=C_1\mathrm{e}^{-x}+C_2\mathrm{e}^{-3x}$。

（4）特征方程 $\lambda^2+25=0$，$\lambda=\pm5\mathrm{i}$，

通解 $y=C_1\cos5x+C_2\sin5x$。

【**例 9**】 求下列二阶线性非齐次方程的通解：

（1）$y''+y'-2y=\mathrm{e}^{3x}$； （2）$y''+k^2y=\mathrm{e}^{ax}$（$k,a$ 为非零实数）；

（3）$y''+y=\cos x$。

解 （1）原方程对应齐次方程为 $y''+y'-2y=0$，

特征方程 $\lambda^2+\lambda-2=0$，$\lambda_1=1$，$\lambda_2=-2$，

通解 $y_c=C_1\mathrm{e}^x+C_2\mathrm{e}^{-2x}$。

由于 $m=3$ 不是特征方程的根，所以设原方程的特解 $y^*=b\mathrm{e}^{3x}$，

$y^{*'}=3b\mathrm{e}^{3x}$，$y^{*''}=9b\mathrm{e}^{3x}$，将 $y^{*'}$、$y^{*''}$ 代入原方程得

$10b=1$，$b=\dfrac{1}{10}$，$y^*=\dfrac{1}{10}\mathrm{e}^{3x}$，

所以原方程的通解为 $y=y_c+y^*=C_1\mathrm{e}^x+C_2\mathrm{e}^{-2x}+\dfrac{1}{10}\mathrm{e}^{3x}$。

（2）$y''+k^2y=0$，$\lambda^2+k^2=0$，$\lambda=\pm k\mathrm{i}$，

齐次方程通解 $y_c=C_1\cos kx+C_2\sin kx$。

因为 $m=a$ 不是特征方程的根，

设特解 $y^*=b\mathrm{e}^{ax}$，

$y^{*'}=ab\mathrm{e}^{ax}$，$y^{*''}=a^2b\mathrm{e}^{ax}$，代入原方程

$b(a^2+k^2)=1$，$b=\dfrac{1}{a^2+k^2}$，$y^*=\dfrac{\mathrm{e}^{ax}}{a^2+k^2}$，

原方程的通解为 $y=C_1\cos kx+C_2\sin kx+\dfrac{\mathrm{e}^{ax}}{a^2+k^2}$。

（3）特征方程 $\lambda^2+1=0$，$\lambda=\pm\mathrm{i}$，

$y_c=C_1\cos x+C_2\sin x$

$m=i$ 为特征方程的根，

所以设原方程的特解为 $y^*=x(a\cos x+b\sin x)$。

$y^{*\prime}=(a+bx)\cos x+(b-ax)\sin x,$

$y^{*\prime\prime}=(2b-ax)\cos x-(2a+bx)\sin x,$

代入原方程

$2b\cos x-2a\sin x=\cos x,$

$$\begin{cases}2b=1\\-2a=0\end{cases}\Rightarrow\begin{cases}b=\dfrac{1}{2}\\a=0\end{cases},\text{ 所以 } y^{*}=\dfrac{1}{2}x\sin x,$$

所以原方程的通解为 $y=C_1\cos x+C_2\sin x+\dfrac{1}{2}x\sin x$。

【例 10】 某商品的需求量 D 对价格 p 的弹性为 $-p\ln3$。已知该商品的最大需求量为 1500（即当 $p=0$ 时，$D=1500$），求需求量 D 对价格 p 的函数关系。

解 由价格弹性定义 $-p\ln3=\dfrac{p}{D}\dfrac{\mathrm{d}D}{\mathrm{d}p}$，$-\ln3\mathrm{d}p=\dfrac{\mathrm{d}D}{D}$，

解得 $D=C\cdot3^{-p}$，式中 C 为常数，由条件 $D\big|_{p=0}=1500$，

$C\cdot3^{-0}=1500$，$C=1500$，

所以 $D=1500\cdot3^{-p}$。

【例 11】 某国的国民收入 y 随时间 t 的变化率为 $-0.003y+0.00304$，假定 $y(0)=0$，求国民收入 y 与时间 t 的函数关系。

解 由题意得

$$\begin{cases}\dfrac{\mathrm{d}y}{\mathrm{d}t}=-0.003y+0.00304\\y(0)=0\end{cases},$$

$\dfrac{\mathrm{d}y}{-0.003y+0.00304}=\mathrm{d}t$，积分 $\displaystyle\int\dfrac{\mathrm{d}y}{-0.003y+0.00304}=\int\mathrm{d}t$，

$y=Ce^{-0.003t}+1.013$，$y(0)=C+1.013$，$C=-1.013$，

$y=1.013(1-e^{-0.003t})$。

【例 12】 某种商品的消费量 y 随收入 x 的变化满足方程 $\dfrac{\mathrm{d}y}{\mathrm{d}x}=y+ae^{x}$（$a$ 为常数），当 $x=0$ 时，$y=y_0$，求函数 $y=y(x)$ 的表达式。

解 $\begin{cases}y^{\prime}-y=ae^{x}\\y\big|_{x=0}=y_0\end{cases}$，$\dfrac{\mathrm{d}y}{y}=\mathrm{d}x$，$y=Ce^{x}$，

$y^{\prime}=C(x)e^{x}+C^{\prime}(x)e^{x}$，代入原方程得 $C^{\prime}(x)=a$，

$C(x)=ax+C_0$（C_0 为常数），

通解为 $y=(ax+C_0)e^{x}$，

$y\big|_{x=0}=(a\cdot0+C_0)e^{0}=C_0=y_0$，即 $C_0=y_0$，

所以 $y=(ax+y_0)e^{x}$。

Ⅳ 练 习 题

1. 指出下列微分方程的阶数：

(1) $x(y')^2 - yy' + 2x = 0$；　　　(2) $xy''' + y'^2 - y\cos x = 0$；

(3) $y''y' + xy = 0$；　　　　　　　(4) $(x-y)\mathrm{d}x - (x+y)\mathrm{d}y = 0$。

2. 求下列微分方程的通解：

(1) $(1-y)\mathrm{d}x + (1+x)\mathrm{d}y = 0$；　(2) $x\dfrac{\mathrm{d}y}{\mathrm{d}x} - y\ln y = 0$；

(3) $\sqrt{1-x^2}\,y' = \sqrt{1-y^2}$；　　(4) $\dfrac{\mathrm{d}y}{\mathrm{d}x} = \mathrm{e}^{2x+y}$；

(5) $2xy\mathrm{d}x + \sqrt{1+x^2}\,\mathrm{d}y = 0$；　(6) $(\mathrm{e}^{x+y} - \mathrm{e}^x)\mathrm{d}x + (\mathrm{e}^{(x+y)} + \mathrm{e}^y)\mathrm{d}y = 0$。

3. 求下列微分方程的通解：

(1) $\dfrac{\mathrm{d}y}{\mathrm{d}x} + y = \mathrm{e}^{-x}$；　　　　(2) $xy' + y = x^2$；

(3) $(\tan x)y' - y = 1$；　　　(4) $(y\sin x - 1)\mathrm{d}x - \cos x\mathrm{d}y = 0$；

(5) $\dfrac{\mathrm{d}y}{\mathrm{d}x} + 2xy = 4x$；　　　(6) $\dfrac{\mathrm{d}y}{\mathrm{d}x} + \dfrac{y}{x} = \dfrac{\sin x}{x}$。

4. 求下列方程的通解：

(1) $y'' - 5y' + 6y = 0$；　　　(2) $y'' - 8y' + 16y = 0$；

(3) $y'' + \beta^2 y = 0$；　　　　(4) $y'' - 4y' + 13y = 0$。

5. 写出下列各方程的待定特解的形式（不用解出）：

(1) $y'' - 3y' + 5y = 5$；　　　(2) $y'' - y' = 3$；

(3) $y'' - 6y' + 9y = (x+1)\mathrm{e}^{3x}$。

Ⅴ 参 考 答 案

1. (1) 1 阶；(2) 3 阶；(3) 2 阶；(4) 1 阶。

2. (1) $y = C(x+1) + 1$；(2) $y = \mathrm{e}^{Cx}$；(3) $\sin(\arcsin x + C)$；

(4) $\dfrac{1}{2}\mathrm{e}^{2x} + \mathrm{e}^y = C$；(5) $y = C\mathrm{e}^{-2\sqrt{1+x^2}}$；(6) $(\mathrm{e}^x + 1)(\mathrm{e}^y + 1) = C$；

3. (1) $(C+x)\mathrm{e}^{-x}$；(2) $\dfrac{1}{x}\left(C + \dfrac{1}{3}x^3\right)$；(3) $y = C\sin x - 1$；

(4) $y = \dfrac{1}{\cos x}(C-x)$；(5) $y = (2\mathrm{e}^{x^2} + C)\mathrm{e}^{-x^2}$；(6) $y = \dfrac{1}{x}(C - \cos x)$。

4. (1) $y = C_1\mathrm{e}^{3x} + C_2\mathrm{e}^{2x}$；(2) $y = C_1\cos\beta x + C_2\sin\beta x$；

(3) $y = (C_1 + C_2 x)\mathrm{e}^{4x}$；(4) $y = \mathrm{e}^{2x}(C_1\cos 3x + C_2\sin 3x)$。

5. (1) $y^* = a$；(2) $y^* = ax$；(3) $y^* = x^2(ax+b)\mathrm{e}^{3x}$。